公平競爭的守門人

競争の番人

Guardian of The Market

新川帆立
Hotate Shinkawa

王華懋 譯

◉主角介紹

白熊楓

年齡：29歲
身分：公平交易委員會審查官
屬性：武鬥派直腸子女孩

小時候夢想當警察，出社會後陰錯陽差當起了公務員，是個憑藉熱情與肉體橫衝直撞的空手道高手。身為非特考組的她，面對同期又比自己小兩歲的菁英同事小勝負，內心總是很糾結。平時面對案件容易感情用事，是個人生中老是抽到下下籤的濫好人。有一個交往五年的警察男友。

小勝負勉

年齡：27歲
身分：公平交易委員會審查官
屬性：天才菁英官僚

出身愛媛縣農家。二十歲即通過司法考試，自東大和哈佛畢業的天才審查官。外表高大俊美，卻不善社交，是有著孤狼體質的特考組。熱愛重機，還有個過目不忘的金頭腦。厭惡公務機關之間的較勁心態，也對社會上的不公不義感到憤慨。乍看之下冷漠又沒神經，其實擁有一顆敏感體貼的心。

目次

I 即使弱小仍要挺身戰鬥

1

下個不停的雨敲打著窗戶。殯儀館的洗手間沒有冷氣。已經九月了，令人窒息的溽暑仍未見稍減，連水龍頭流出來的水都還是溫熱的。

黏膩的汗水沿著白熊楓的脖子淌下。

「我爸為什麼死了？」

背後傳來聲音，白熊回過頭。

是一名身穿制服的少女。抬頭挺胸，身姿凜然，宛如劇團女演員。深藍色寬褶裙的長度落在膝上，純白的短袖襯衫漿得筆挺。一身制服中規中矩，卻散發出清新脫俗的印象。身材高挺，修長的手腳格外顯眼。

是一所知名升學高中的制服。聽說她考上的時候，家族親戚盛大慶祝。這是少女的父親豐島浩平告訴她的。豐島眉開眼笑地說，女兒加入排球隊，雖然才二年級，卻被選拔為正式隊員。女兒長得像妻子，是個美人胚子，是自己引以為傲的女兒。

「妳是美月，對吧？」

白熊轉向少女。

「妳怎麼知道我的名字？」

美月瞇起細長的眼睛，瞪著白熊。

白熊開口，卻出不了聲。她退了一步，但立刻就撞上洗臉臺。居然被小自己十歲以上的女孩嚇住了。

「啊，我懂了，妳負責找我爸問話，所以才知道我，對嗎？」

美月冷冷地說。

洗手間深處的電燈快壞了，嗤嗤作響明暗不定，在美月的側臉落下光影。

「我叫白熊楓，是公平交易委員會的審查官。」

「公平交易？那什麼？妳不是警察嗎？」

「我不是警察，也不是檢察官。我隸屬公平交易委員會，我們主要取締不實與詐欺交易行為，讓業者在公平的條件下競爭。妳的父親豐島先生，確實由我負責問話。」

調查主任官是上司遠山，白熊從旁輔佐。遠山熱心栽培新進，問話和筆錄等業務幾乎全交給白熊。白熊與對象豐島連日見面，不只是談工作，還聊到了彼此的生活。

兩人才剛建立起信賴關係。

然而豐島自殺了。

最後一次見面時，豐島露出一臉暢快的笑容，說：「鬆了好大一口氣。再隱瞞也沒用啊。能夠親口說出來，真是太好了。謝謝妳。」向她行了個禮便離去。這是三天前的事。

三天前，豐島還活著，如今卻成了一具冰冷的遺體。

「因為我爸詐欺而調查他嗎？」

「也不是這樣……」

白熊含糊其詞。

調查對象是承包道路工程的總承包商，這家承包商涉嫌圍標攬下工程。豐島是發包工程的市公所職員，僅是以證人身分接受調查。

白熊模稜兩可的態度，似乎引發了美月的懷疑。

「告訴我到底是怎樣！」

她揚聲喊道，撲上前抓住白熊的肩膀。

「我媽什麼都不肯說。我爸這人就只有老實這個長處，但妳要說其實他暗地裡都在做壞事嗎？告訴我真相！我不想被蒙在鼓裡！」

美月的唾沫噴到了嬌小的白熊額頭上。

「豐島同學，妳父親沒有做壞事。」

白熊好不容易從喉嚨擠出了聲音。

「妳父親是公共工程的招標承辦人。承包業者事先談好由誰投標，提高得標價格。這種私下串通的行為叫做圍標。我們為了調查圍標行為，請妳父親以證人身分接受調查，只是這樣。」

「如果我爸沒有做壞事，他為什麼要自殺？」

白熊一時說不出話來。

妳父親沒有做壞事——這句話摻雜著謊言。

這是北關東地區長達數十年的圍標弊案，招標的市公所不可能不知情，反而是提供方便之門，以確保退休後的事業第二春。事關老屁股職員們的退休生活，為了保住前輩退休後的去處，身為小小承辦人的豐島必須澈底隱瞞圍標事實。發動調查後過了兩個月，對於圍標一事，豐島依然三緘其口。

直到那一天，豐島流下了眼淚，告訴她：

「幾個老人關在房間裡喬事，決定了這一切。這種情況不能再繼續下去。日本已經變得愈來愈糟糕，年輕人再怎麼充滿活力地創業、努力開拓客源，也是白費力氣。最終，他們仍須打進延續長達數十年的封閉村落社會，爭取大老的認同，當小弟跑腿打雜，苦熬著投標機會。規矩早定好了。這就像煞車壞掉的火車一樣，不得不永遠運行下去。可是，非得有人阻止不可。」

聽取完畢後，白熊請豐島在筆錄上簽名蓋章。

就在當天晚上，豐島回到市公所後，從頂樓跳下去。

接到警方通知時，白熊懷疑自己聽錯了。不論是陳述意見當下，還是踏上歸途那一刻，豐島都顯得十分平靜，完全沒有流露出想不開的落寞，反而一臉神清氣爽。難不成他從一開始就做好了赴死的覺悟？

既然招出一切，職場就再也待不下去。不是惹來同事白眼就沒事了。在封閉的鄉間，雖是同事，同時也是遠親，或國高中學長學弟，人際關係密如網羅。

「〇〇會被抓，都是豐島大嘴巴害的。」

流言會傳遍全鎮，一點一滴逼迫豐島的家人。

據說遺書上寫著「對不起，請放過我的家人和親戚」。

「妳父親做了正確的事。他沒有任何過錯。會演變成這樣，都是我能力不足。我沒能好好保護豐島先生。對不起。」

白熊深深低下頭。

「對不起。」

她低著頭再說了一次。美月不發一語。

美月當然說不出話。

信任的父親涉入圍標疑雲，被找去問話，最後突然自殺了——為了保護家人和親戚。

被拋下的家人肯定難以承受。

首先是震驚、懷疑，對身邊的人疑神疑鬼。儘管身為受害的一方，卻連哭泣都不被允許。街坊將死去的親人說成「為虎作倀後選擇了斷」，在學校也被避之唯恐不及，原本要好的朋友一個個疏遠。頓失一家之主，家中經濟也將斷炊。眼看母親情緒不穩，女兒只能咬緊牙關撐下去。

只要其中一方倒下，就會像推骨牌一樣，全部分崩離析。

「對不起。對不起。對不起。」

白熊不斷地道歉。

豐島的立場有多艱難，她應該是最清楚的。最後和豐島交談的人是白熊。要是當時結束聽取，道別時能溫言鼓勵他一句，或許能夠改變什麼。但白熊只做了分內的工作。她依循規定執行業務。最終，人死了，被拋下的女兒茫然無依。這個事實沉重地壓在她的胸口。

「對不起。」

白熊涕淚交零，不斷地重複同一句道歉，到最後根本聽不出在說「對不起」三個字。

這時，化妝室外傳來一群女人的喧鬧聲：「哈哈哈，可是，就是說啊，豐島家往後可慘了……畢竟那家的女兒才十六歲……」接著是開門聲，女人們的聲音戛然打住，看來是發現美月而閉上嘴。

「噁心。哭什麼哭，傻眼吔。」

美月忿忿地對白熊撂下這話，走出了化妝室。

白熊抬起頭。

兩名中年婦人的視線頻頻投過來。是撞見不該看的場面的尷尬，以及看熱鬧般好奇摻半的眼神。

白熊不理會婦人們的眼神，抬起手掌抹了抹臉。

她明白，美月最後撂下的那句話只是逞強。美月傷得比任何人都要深，對她來說，連道歉都太殘忍。她肯定無法接受。即便如此，白熊還是只能道歉。

整理好喪服，走出化妝室，上司遠山正等著她。

「好久喔。在大號？」

即使待在這種場合，遠山也一樣沒神經。或許是裝沒事，但白熊已經沒力氣回應。

回程的常磐線上，兩人也沒交談幾句。遠山向經過車廂的推車買了三罐啤酒，問白熊要不要喝，白熊婉拒，他便三兩下喝光。平常她是個大酒桶，但感覺今天要是喝了酒，會沮喪到再也振作不起來。

過了上野站，快到東京車站時，遠山低聲說：

「有人因此離開是最難受的。」

白熊默默頷首。

「不是妳的錯。妳只是盡力做好妳分內的工作。是我能力不足。」

這次白熊沒有點頭。她的確做了分內的工作，但也只做了份內的工作。她認為職責之外的應對，才能考驗一個人的價值。她希望自己足夠強大，強大到能保護別人。即使回到三天前，她依然不知道自己該怎麼做，但絕對有她使得上力的地方。

白熊垂頭喪氣，直盯著自己的膝頭。

「對了，人事異動。妳要調去桃園底下。」

白熊驚愕地抬起頭。

「桃園姊底下？那遠山大哥這邊……」

「上面認為我沒有把妳帶好。我認為這樣安排很妥當。」

「怎麼這樣……」白熊說不出話來。

兩人隸屬於審查局第六審查長，俗稱「第六」的單位。第六並沒有嚴格的團隊制，但白熊多半在遠山指揮下執行業務。

遠山個性粗獷，憑感覺行事。有時說過的話，會不知不覺間變成另一種說法。部下往往被他牽著鼻子走，也有不少人叫苦連天。

但白熊不在乎。她直到上了大學都在練空手道，打從骨子裡熟悉學長學姊制，也相當習慣聽從前輩指示做事。

對於遠山，她甚至可說是抱著尊敬。遠山富有奇妙的人情味，擅長與調查對象建立信賴關係。即使是守口如瓶的對象，一遇上遠山就會侃侃而談，坦承不諱。遠山的名字是德次郎，大家都稱他「問案高手德兄」。

「啊，小姐，兩瓶茶。」

遠山叫住車廂推車，俐落地付完錢，將冰涼的瓶裝茶遞給白熊。

「妳今天一整天都沒吃吧？至少補充一點水分。」

接到訃聞後，白熊連喘息的時間都沒有。局裡天翻地覆，立刻展開內部調查：聽取行程是否過度逼迫對象？聽取負責人是否存在不適當的言行？遠山和白熊也提出報告，接受問話。長官指示視情況召開記者會。

含了口冰涼的茶水，喉嚨舒爽了些。

可能是先前呼吸過於急促。她深吸一口氣，再緩緩吐出來，思緒漸漸清晰起來。

這次的事，應該會由遠山扛起責任。即使不至於降級，往後也無望升遷了。入局三十多年，離一般國考公務員升遷頂點的審查長只差一步。目標就在眼前，卻再也搆不著，只能等待幾年後迎接退休。

都是自己害的。白熊的情緒更加低落了。

新上司是桃園，也讓她愈發消沉。

姑且不論人品，桃園是個女人味十足的女人。說話時往往拉長尾音，嗲聲嗲氣，總是穿著強調上圍的綁帶洋裝，扭腰擺臀地走近。桃園應該已年過四十，但據說外貌和二十多歲時完全沒變。

可能因為美豔過人，上了年紀的調查對象都很吃她那一套。針對大企業進行大規模查緝時，她也往往以十人斬、二十人斬的衝勁取得筆錄，工作能力無庸置疑。可是兩人的世界相差太遠，白熊總覺得不對盤。

「對了！」

遠山的聲音突然變得明亮。

「有個好消息。小勝負勉要回來了。」

「小勝負勉？」

「妳進來第五年，應該跟他是同期吧。沒聽過嗎？天才小勝負啊。」

白熊的確聽說過同期裡有個神人。

十六歲就通過公認會計師考試，二十歲通過司法考試。東大法律系首席畢業，多益、托福雙雙滿分。似乎也是國家公務員考試榜首。

「小勝負要調來第六？」

「嗯，等他留學回來就報到。聽說他在哈佛法學院也是首席畢業。其實我不算真的認識他，他是個怎樣的人？」

「唔，我也不清楚。」

小勝負完全不參加懇親會之類的活動。兩人部門不同，甚至不曾交談過。白熊只遠遠看過這個人。

苦澀的情緒在胸口蔓延。

「怎麼擺出一張嫌棄的臉？」

「我不喜歡那種臉上寫著『我很聰明』的人。我常被那種人瞧不起。」

白熊的運動神經過人，經常被貼上「無腦肌肉女」的標籤。她讀的是四年制大學，受過超越一般水準的高等教育，卻只因身體健壯就被當成蠢女人，令她很受不了。

因此對於一副聰明絕頂菁英形象的人，她向來感到棘手。或許是單純出於排斥的心理，但搞不好是自卑心態作祟。

「哈哈哈，什麼啦。」

遠山瞇起眼睛笑了。

「妳想太多了啦。沒有實際見過本人，哪裡會知道對方是怎樣的人呢？」

遠山安慰的話語一點也起不了作用。白熊摀住臉，大大嘆了一口氣。

◈

抵達位於橫濱的自家時，已經過了午夜零時。

靜靜地在玄關灑了鹽[1]，慢慢開門，躡手躡腳地走進去。她不想吵醒母親三奈江。一樓客廳透出燦亮的燈光。透過嵌在門上的霧面玻璃，可以看見裡面的人影。看來三奈江仍醒著等她回來。

白熊打算默默經過客廳，走上二樓的房間。這時客廳門打開了。

三奈江蒼白的臉出現在門縫裡。

「小楓，怎麼這麼晚？」

白熊都二十九歲了，「小楓」這個寵溺的稱呼讓她很不自在。可是，如果要三奈江別這樣叫，她肯定會哭著說：「妳為什麼要對媽媽這麼壞？」母親一哭，白熊就只得聽命，這樣的相處模式已習以為常，因此三奈江從來都不曾改變。

「爸呢？」

「上夜班。今天是警衛的班。」

1 譯注：日本習俗，參加喪禮回家時，進玄關前要先在身上灑鹽驅邪後再入內。

白熊的父親敏郎原本是警察——直到六年前派出所發生的一起強盜案為止。

一名警察被歹徒奪走槍枝，當場遭到槍殺。敏郎奮不顧身，制伏歹徒，但左腳中槍受了重傷。此後他便瘸著一隻腳，改做內勤。但文書工作似乎不合他的個性，他很快便辭去警職，現在兼差當警衛和夜間工地人員。

「命還在就算是撿到了。」

敏郎本人這麼笑著說，顯得雲淡風輕，但無人知曉他內心的真實想法。

「妳怎麼穿這樣？」

三奈江的聲音乾澀，雙眼直盯著白熊。

萬一三奈江大驚小怪就麻煩了，所以白熊趁母親外出打工時出門。她本來打算等三奈江睡著後才回來，沒想到被逮個正著。

「妳怎麼穿喪服？誰過世了？沒事吧？妳沒遇到危險的事吧？小楓，妳現在的職場很安全吧？」

三奈江連珠炮似地質問，整個人像要緊緊抓住女兒般不斷逼近。她一把握住白熊的手臂拉扯，力道極大，讓人詫異那纖細的身軀哪來這麼大的力量。三奈江全身散發出近乎怨念的壓迫感，白熊不禁往後一縮。

但她無法甩開三奈江的手。

「沒事啦。工作上遇到的人過世了，我去喪禮上露個臉。在霞關坐辦公室，怎麼可能遇到危險的事。」

白熊柔聲勸慰。三奈江漸漸放鬆了手臂的力道。

三奈江生性愛操心，自從敏郎受傷之後，更是變得神經質。

白熊原本想要當警察。

父親敏郎是警察，她從小就認為自己天經地義也要當警察。會開始練空手道，也是因為敏郎練空手道。

看著身邊的大人，效法尊敬的對象。她就是這樣長大的。

敏郎受傷時，白熊正在就讀警察學校。三奈江很快就發難。她逼迫白熊放棄警察之路，否則就要和她斷絕母女關係。白熊歷經天人交戰，最後從警察學校退學。

後來她備考一年，參加國家公務員考試，進入公平交易委員會。得知上班地點在中央政府機關雲集的霞關，得鎮日坐辦公室，三奈江也接受了。

三奈江身後客廳的牆壁。沙發後方的展示架上擺滿了大大小小的獎盃，都是白熊在空手道比賽中贏來的。

縣大賽第二名、關東大賽第二名、全國大賽第二名……每一座獎盃，都大大地刻著「第二名」三個字。不曉得是不是關鍵時刻就會掉以輕心，她老是在決賽中落敗。

最想要的，她總是得不到。

永遠第二名的女人。

雖然放棄了成為警察的夢想，但她希望至少能成為獨當一面的公平交易委員會審查官。想要變得像那個人一樣堅強。然而目前連這個心願都尚未實現。

「別擔心啦。媽也去睡吧。」

三奈江微微點頭，走回臥室。看著母親比以前更嬌小的背影，白熊心口一陣揪緊。

雖說公平會是坐辦公室的工作，但實際上經常前往現場，像警察一樣進行調查。不過和警察不同，審查官沒有配警棍，也沒有手槍，而是手無寸鐵地前往。

公平會追捕的並非強盜或殺人犯，而是查緝圍標、聯合行為、欺壓包商等智慧犯和經濟犯，不至於被捲入危險事件。

不會發生令母親傷心的事。白熊這麼告訴自己，走上階梯，回到房間。

2

隔天，上午九點，白熊走進辦公室。

職場在緊鄰霞關站的中央聯合辦公大樓十樓。

沒有隔板的大辦公室，最裡面是審查長的座位，前面並排著三區以辦公桌拼湊而成的辦公區。

辦公區最前面坐著案件的承辦人——隊長。每個案件會指派一名隊長。以公所職務來比喻，就類似課長輔佐。有時一名隊長手上會有多起案子，或是在某個案子擔任隊長，但在其他案子是別的隊長底下的調查主任。

上班時間是九點半，但白熊提早到了。

因為她必須將自己的物品從遠山領導的辦公區移到另一區。新辦公區在隔著中央辦公區的對邊，雖然仍在同一間辦公室，卻彷彿被流放邊疆。

新的辦公區上首，坐著年約四十五歲的男同事風見，他的正對面就是桃園，桃園右邊是白熊的座位。直屬上司就坐在旁邊，看起來似乎是要好好重新訓練她。

辦公室角落擺放著共用的置物櫃，對面一張三人座沙發，是多年前職員留下來供同事小睡，都坐得破破爛爛了。沙發上鋪著一條大毯子，旁邊堆著兩個蓋起來的紙箱。視線回到辦公桌附近，員工的垃圾桶中，垃圾快滿出來了。

白熊從公共置物櫃取出大垃圾袋，巡繞周邊座位清空垃圾桶。接著檢查櫃內的消耗品，迅速訂購快用完的品項。第六沒有處理庶務的行政職員，瑣碎的事務都由年輕職員負責。

「啊，白熊，歡迎妳加入！」

過了五分鐘，桃園現身了，手上拎著羅多倫咖啡的杯子。應該是在車站驗票閘門前的咖啡廳買的。

白熊立刻站起來，行禮說「早安」再坐下。

「從今天起就是鄰居了，請多指教喔。」

桃園微微側頭。大圓耳環在長髮間閃亮地搖曳，飄來一陣芒果般的甜香。與渾身菸臭味的遠山天差地遠。

「對了，聽說小勝負今天就要來了。他現在應該在人事課辦手續吧。」

桃園轉動椅子，朝白熊的座位探出身體。雙手托著臉頰，眼睛閃閃發亮。

「小勝負分到我們這邊喔。就坐在妳對面。」

白熊盯著桃園指的座位。

「咦，小勝負坐我前面？」

「他是個超——級菁英，對吧？我要不要來倒追看看呢？」桃園輕佻地笑了。

「小勝負今年多大？」

「大學畢業五年，二十七歲了吧。」

「好年輕。但勉強還可以。」桃園抿嘴一笑。

白熊較晚才考入公平會，二十四歲上任，比小勝負大兩歲。

小勝負是通過第一種考試[2]進來的，也就是俗稱的「特考組」，升遷速度比「非特考組」的白熊更快。

明明是同期，但小勝負是係長，白熊還是係員。若是遇到意見分歧，小勝負的意見應該會被優先採納。

同期，年紀比自己小的上司。

而且據說很優秀。白熊困惑著該怎麼與他相處才好。

「畢竟是審查的工作，現場調查至關重要。要是進來一個不知變通的人，也只會變成燙手山芋吧？」

白熊的語氣透著排斥。

小勝負過去待在政策部門，沒有審查的現場經驗。白熊從一入局就負責審查，對於自己的工作懷著一定的驕傲。她可不想被沒跑過現場的年輕上司頤指氣使。

「嘿，說這是什麼話？」

斜前方座位的風見插話。

2 譯注：日本的公務員考試分為第一種與其他一般類別。通過第一種考試的公務員被視為幹部候補栽培，將來會成為各級機關首長或主管。

他神經質地按住銀框眼鏡，清了清喉嚨。

「優秀的人才願意來我們這種弱小機關就該萬萬歲了。不可以抱怨。」

「弱小機關。」桃園吃吃笑著。

「沒錯，我們就是弱小機關，這一點無庸置疑。被財務省欺負、被經產省瞧不起、被檢調排斥，那麼一般國民呢？國民根本沒聽過這個機關嘛。明明我們這麼賣命工作。喏，你們說是吧？沒有特權、沒有人才，預算也少得可憐，要人怎麼做事嘛，對吧？」

風見的聲音愈來愈激動。

「擁有如此傲人經歷的人才，可不是隨便就要得到的。活該，財務省！走著瞧吧，經產省！聽著，妳要好好歡迎小勝負，千萬不可以怠慢了人家！」

白熊默默點頭。儘管風見將小勝負捧上天的態度令人不是滋味，但來了一位優秀的同事仍值得欣喜。

就像風見說的，比起其他政府機關，公平會缺乏知名度，也沒有權力。

由於責任範圍是與市場競爭相關的業界，反倒不會與特定產業或政治人物形成勾結關係，這也是公平會的特徵之一。雖說樂得輕鬆，但反過來說，也就是沒有靠山，因此在與其他政府機關較勁時，經常被自己人捅刀。

電話響了，響一聲白熊就接起。通知影印紙送到了。她起身去領紙，心想順便丟垃圾，一把拎起垃圾袋。

下一秒，她突然「噫！」尖叫一聲。

共用置物櫃前站著一個人。

是個高大的男人。

身形清瘦，但體型結實，看得出在健身。穿著貼合身體線條的深色西裝。

襯衫領子微微彎起，頭髮還帶著睡亂的鬈翹。

「一早就在八卦，各位這麼閒嗎？」

男人口吻淡漠地說。

白熊茫然地瞪著對方的臉。

細長高挺的鼻梁與略尖的下巴，令人印象深刻，長相就像都會的現代建築。端正的五官看不出表情，流露出機械般的勻稱之美。

「可以不要隨便議論我嗎？我討厭只憑經歷和頭銜評斷別人的傢伙。」

男人厭惡地說，眉心微微蹙起。

「島國風氣就是這麼討厭。真想回美國。」

風見和桃園尷尬地對視。

白熊驚慌失措地開口：「呃，你就是……」

「我就是小勝負。」

男人隨意撥著睡亂的頭髮，也不掩口就打了個哈欠。

「我一早就到了，只好先找個地方補眠。」

小勝負回到三人座沙發，摺起毯子。他抬起疊著的兩個紙箱，搬到白熊座位前方。

接著，他打開其中一箱。

「這是老家種的蜜柑，請收下。」

他板著一張臉，拿起蜜柑遞給風見。

「蜜柑？你老家在哪？」風見問。

「愛媛。老家兼務農。」

桃園瞪圓了眼睛。小勝負居然是愛媛的鄉下人，看來出乎她意料之外。

白熊原本也暗自揣測小勝負肯定是東京人。

「謝謝，那就不客氣了。」

風見起身，從小勝負手中拿了一顆蜜柑。和小個子的風見站在一起，小勝負足足高出了一顆頭。

「共兩大箱，請拿三顆吧。」

風見狀似錯愕地眨著眼睛，依言收下蜜柑，以雙手捧著回座位。

「唔，那我先去一趟人事。」

小勝負左右歪了歪頭，伸出一手撫平亂翹的頭髮，打著哈欠，準備走出辦公室。

「啊，等一下！」風見冷不防出聲。

小勝負回頭，一臉詫異。

「我叫風見慎一，入局第二十二年，是課長補佐。擅長調解溝通，討厭的詞是弱小機關。歡迎來到第六。在我們這裡或許多少會感到挫折，但還是請多多指教。」

小勝負睜大眼睛，直盯著風見。似乎嚇了一跳。

「不好意思剛才私下談論你。大家都對你很期待。」

白熊回想起剛才的對話，忍不住心中一涼。

小勝負在沙發的時候，自己是否說了什麼不該說的話？應該沒說出難聽的話吧？

小勝負立刻恢復面無表情。豈止面無表情，還不悅地皺起眉頭。

「期待？我最討厭別人的期待。那是美其名為期待的支配吧？我最痛恨任意強加於人的事。請別把我當成與其他部門較勁的工具。狹隘的公家機關裡的上下關係根本無足輕重，我也不會感到挫折。請別說些自以為是的話。」

小勝負臭著臉轉身離開。

「真是，自以為是的到底是誰？」

小勝負的身影消失後，桃園嘀咕道。

白熊也點點頭。

小勝負的態度簡直顯得幼稚。若要評論他這番話，在某種程度上的確都對，但根本沒必要說出口。白熊等第六成員的態度或許有錯，但身為上司的風見已經好好地向他道歉了。對於別人的道歉，這樣的回答實在太沒風度。

「沒關係，我已經從人事那裡聽說了他的個性。他擁有別人所沒有的才能，很多人才會願意接近他，而他也因此聽到了些耳語，導致個性變得憤世嫉俗。目前也只能先耐著性子，誠心誠意地相處。」

風見的口氣平和，眼角卻透出一絲疲倦。

風見身為中階主管，雖是現場案件的負責人，卻也經常要與政府機關及政治人物打交道。不僅要在機關間的協調勞心耗神，現在又多了一個問題兒童要照顧，精神上肯定承受著巨大的壓力。

白熊回過神來，發現自己手中提著垃圾袋。她以雙手抱緊，走向大房間出口。

新團隊，新同事，還有個問題兒童小勝負。因為捅了婁子被調到新團隊的白熊，或許在別人眼中也是個問題兒童。不禁擔心起自己是否能適應這個團隊，腳步不由得沉重起來。

一星期後，白熊被分派了新案件。

「栃木縣S市，三家飯店的聯合行為。」本庄審查長平靜地說。

本庄審查長是年約五十五歲的女性特考組人員，舉止沉穩。

她一襲灰色洋裝，搭配黃綠色開襟衫，優雅的裝扮讓她看起來像位貴婦。

「隊長由風見擔任，調查主任是桃園，隊員是小勝負和白熊。你們四人負責這個案子。」

本庄審查長悠然環顧會議室，微笑著與四人逐一對視。

調查內容受到嚴格的管理，即使在公平會這個組織內，也絕不能洩漏給承辦人員以外的同仁。

本庄審查長轉過身，在白板上畫出簡單的圖示。

「案情很單純。栃木縣S市有三家飯店年年調漲婚宴費用，漲幅完全相同，顯然是三家飯店早已私下達成共識。因此，S市的平均婚宴費用比其他地區貴了足足十三%，形同每對新人平均要多付五十萬圓。」

接獲檢舉後，情報管理室調查班會先進行初步調查。只有上頭判斷能夠成案的案子，才會分發給審查現場。

「其實，很久以前接過類似的檢舉。最早的檢舉可追溯至十五年前，每一件的金額雖不大，但歷時多年，相當惡質，因此決定立案調查。」

白熊輕輕舉手。

「如果附近的婚宴會場太貴，去外縣市辦不就好了嗎？就算三家飯店聯合漲價，也只會被消費者淘汰而已，消費者會因此感到困擾嗎？」

本庄審查長點點頭，臉上帶著微笑。

「嗯，這個問題很好。但是不知為何這個地區的人，都只在這三家飯店辦婚宴。一方面也是因為群山環繞，交通不便。事實上，周邊一帶就有多達七成的婚宴是由這三家飯店包辦。在這樣的情況下，他們聯合同業哄抬價格，已經可以算是聯合行為。」

同業之間私下協商後合意漲價，即稱為「聯合行為」。

不僅僅是漲價，其中還包括對競爭對手造成損害、獲取不當利益、違背公平競爭的行為，範圍極廣。而最典型的，就是聯合漲價。

業者預先討論好由誰投標政府標案，也是聯合行為的一種，通常被稱為「搓湯圓仔」。

這些行為的共通結構，就是在背地裡聯手，以非競爭的手段來確保利益。

「這幾家飯店應該會選在某處密談，但情報管理室的查證還不夠深。你們先朝查出密談地點的方向調查，掌握一定的事證後，再前往現場稽查。」

會議室裡的成員同時嚥了口唾沫。一聽到「稽查」二字，自然就抬頭挺胸起來。

公平會的調查都是暗中進行。

——直到現場稽查的那一天。

某天，大批人馬同時前往調查對象的全部事業所，扣押證物。這就是現場稽查。稽查的成果將決定能否成案，這是隊長展現本領的關鍵環節。

本庄審查長說明完畢後便走出會議室。

風見隊長立刻將具體業務分派給成員。小勝負和白熊被命令暫時出差前往栃木縣，進行暗中調查。

白熊看著資料，喃喃道：

「一對新人多付五十萬圓。五十萬圓，相當於這地區年輕人兩個月以上的薪水呢。年輕情侶辛辛苦苦存一整年的錢，好不容易存足了辦婚宴的費用，卻又被狠狠剝了一層皮，實在太過分了。」

默默讀資料的小勝負抬頭看向白熊，那視線讓白熊感到不悅。她覺得自己由衷的感想被嘲笑了。

「幹嘛？」

「沒事。」

小勝負隨即別開目光。

風見拍了拍手打氣道：

「確實很惡劣，所以才需要我們公平會。大家好好幹活！」

聽到風見這聲號令，眾人各自返回崗位。

◈

「又要出差？」徹也大聲埋怨，嘴裡嚼著白熊做的炒麵。

「對，這次感覺也會滿久的。」

白熊垂下目光。每次通知徹也出差的消息，她總是感到不知所措，因為她知道徹也不喜歡她出差。

徹也是白熊的大學空手道社學長，比白熊大三歲，三十二歲，是神奈川縣的警察。兩人在白熊二十四歲時開始交往。當時在社團同學會的歸途，白熊找徹也討論職涯，兩人因此親近起來。

那時，白熊的父親剛受傷，母親三奈江逼迫她從警校退學。

「不管任何工作，都沒有家人來得重要吧？」徹也聽完白熊的話，平靜地說。

徹也的空手道很強，而且熱心照顧學弟妹。他是家中的長男，底下有妹妹，這應該也影響了他的個性。徹也的母親會來比賽現場幫兒子加油，白熊也認識。徹也一直在酗酒的父親手中保護著母親和妹妹。

「我覺得家人比什麼事都重要。」

徹也斬釘截鐵地說。這樣的他，深深吸引了白熊。她覺得如果和徹也一起，應該能建立幸福的家庭。就在她決定進入公平交易委員會時，兩人開始交往。

然而，徹也有時要上夜班，兩人的休假難以配合，頂多一個月在徹也家碰面兩、三次。兩人都不是所謂的戀愛體質，即使是這種程度的距離感，也能長久維持關係。倒不如說，兩人拖拖拉拉地交往了五年之久。

「唔，本來要去看場地，看來只能取消了。」

徹也的語氣冰冷。白熊聽得出那刻意冷淡的語調。

「真對不起，下個月應該就有空。」

「無所謂啦。其實我也要參加同事的歡送會。本來才說有事推掉，但現在可以去了。」

是徹也提議去看婚宴會場。不過是上個月，八月的事。雖然不是開口求婚，但白熊明白徹也的意思。

今年初夏，徹也的母親發現罹患初期乳癌。只要經過適當治療，完全可以治癒，但徹也的母親對此似乎相當消極。

徹也應該是想在年底或新年時，向母親報告喜訊。同時定下婚禮日期，並催促母親在婚禮前積極治療。

「真的對不起。之後一定會一起去看場地。」

白熊只能連連道歉。

推遲了與男友參觀婚宴場地的日期，卻展開祕密調查婚宴會場的出差行程，實在很諷刺。但不能向任何人透露案件內容。

白熊悄悄將這份苦澀藏在心底。

「對了，甲賀女士昨天好像出院了。」徹也的聲音轉為明朗。

「真的嗎？太好了。」白熊的臉龐上也漾出笑意。

甲賀佐知子，人稱「競爭法小姐」。

甲賀在公平交易委員會任職約四十年，成為第一位女性委員長。在公平會裡，她也是個傳奇人物，但白熊在進去之前，完全不知道她的實力這麼強大。

甲賀在十幾年前退休，現在是個單純的空手道愛好家。她似乎是徹也加入的空手道道場的學姊。白熊正煩惱前途時，徹也將甲賀介紹給她。

「滿多人放棄當警察，進入公平交易委員會喔。」

練習結束後，甲賀拿毛巾抹著汗說。她一笑，臉上便刻畫出許多深紋。加上渾圓的臉形，就像一顆梅乾。

「深入調查，揭發真相，逮捕壞人……這樣的過程，警察和公平會是一樣的，都是在保護國民，伸張正義。只是切入點不同罷了。」

甲賀這番話，讓白熊對公平交易委員會產生了興趣。

其實在與甲賀交談前，她曾遠遠地看過甲賀練習的樣子。即使遠遠地看，她的動作也令人目不轉睛。沒有使勁，卻強而有力。「型」完美無缺。白熊感覺這其中反映了甲賀的人生態度。

當時，白熊對公平交易委員會的工作毫無概念，但看到甲賀那優美的「型」，對她來說，這樣就足夠了。

「是跌倒骨折送醫嗎？」白熊問。

「對啊。」徹也點點頭。「那麼硬朗的甲賀女士居然會跌倒，真不敢相信。歲月真是殘酷啊。」

吃完炒麵，徹也遞出空盤。白熊默默接過盤子，走向流理臺。

甲賀住院期間，白熊送了花過去，但因工作繁忙，無法親自探望。慶祝出院時，得去露個臉才行。儘管這麼想，卻也提不起勁去見她。只要見面，一定會被問到工作上的事。白熊不曉得該擺出什麼表情交代近況。

她輕聲嘆息，清洗碗盤。盤子已經洗乾淨了，但她為了放空腦袋，繼續用海綿搓洗。

3

白熊和小勝負來到栃木縣S市，暗中調查了整整一星期。難得來到溫泉鄉，卻連日下榻在沒有溫泉的商務旅館。

這次涉嫌聯合行為的是「S雅緻飯店」、「溫泉鄉S」和「天澤飯店S」這三家業者。三家飯店皆於高度經濟成長期開業，營收在泡沫經濟時期大幅成長，但之後的業績似乎只能持平，而且每況愈下。

白熊和小勝負以周邊的餐飲店、出租會議室及扶輪社等大老闆聚集的地點為中心，一一前往打聽，卻毫無所獲。

唯一查到的是，三家飯店的老闆都是當地仕紳，若他們光顧餐廳，當地人立刻就會認出來。因此，三人要在不被發現的情況下多次密談並不容易。

那麼，或許是利用各自的飯店作為密談地點。儘管兩人接下來的做法略顯土法煉鋼，但只能決定時間和地點，進行嚴密監控。昨天晚上，他們也監視其中一家「溫泉鄉S」直到深夜。

這段期間，白熊和小勝負沒有多少對話。

白熊摸不透小勝負在想什麼。雖然小勝負並沒有對她說什麼，但他沉默的態度讓白熊感到被瞧不起，內心陣陣刺痛。

交通工具的租車理所當然由白熊駕駛，小勝負則悶不吭聲地坐在副駕駛座。小勝負雖有汽車和機車駕照，但他宣稱自從考到駕照後就再也沒有開過車。

「你平常只騎機車嗎？」昨天開車時白熊問。小勝負不耐煩地回應：

「我喜歡騎機車旅行。」

「是所謂男人的浪漫情懷嗎？」

白熊想要打開話題，小勝負卻冷冷地說：

「和性別無關，單純是興趣。」

白熊暗暗瞥向副駕駛座，那張臉俊美得令人嫉妒。

「是不是常有人對你說，你不說話就會很吃香？」白熊刻薄地問道。小勝負一樣不耐煩地開口：

「那種發言是性騷擾。」

難不成他覺得我很低俗嗎？白熊心下疑惑。但站在她的立場，覺得不聊天也太尷尬，這才隨意拋出話題。然而，小勝負無視她的體貼，拒人於千里之外，這番態度讓她感到氣憤。他真的覺得與工作無關的閒聊完全不必要嗎？

她還得和小勝負相處一整天。

白熊握著手機，走下一樓的早餐區。她再三查看，沒有新郵件。

昨天，公平會針對豐島自殺一事舉行記者會。圍標案調查本身進展順利，但並非召開了記者會就會有新突破。本庄審查長和遠山說明經緯，向社會大眾道歉，記者會就此結束。被調離此案的白熊因別的案子蹲點監視，無法參加記者會，不禁深感內疚，心神不寧。

要是豐島的妻子和美月看到記者會，她們會怎麼想？或許她們根本不想聽到任何道歉。憤怒就算了，該不會她們正深陷在無力與絕望之中？甚至打算跟著一起走上絕路？

小勝負坐在早餐區，已經吃完早餐，正端著咖啡在讀報。白熊在他對面坐下後，小勝負簡短地開口：

「不妙呢。」

「怎麼了？」

「今天的早報。」

小勝負攤開手中的報紙，指向其中一篇報導。但他並不打算好心地讓白熊細讀報導，直接將報紙塞進皮包裡。

「給我看一下……」

「昨天晚上，『S雅緻飯店』發生殺人未遂案。」小勝負打斷白熊。

「『S雅緻飯店』的老闆安藤正夫遭人刺傷。安藤剛走出飯店大門就遭到攻擊，傷勢嚴重，意識尚未恢復。疑似凶刀的刀子遺留在現場，但沒有指紋，購買途徑也不明。監視器拍到離開現場的人影，身高約一七〇至一七五公分，穿著黑色帽T，拉起帽兜，戴著墨鏡和口罩，看不清長相。犯人不僅尚未落網，連可能的嫌犯，警方似乎都毫無頭緒。」

突如其來的狀況讓白熊僵住了。

「殺人案……？」

「是殺人未遂案。」

「很愛計較吔。」

這幾天，安藤的行動並無可疑之處。每天工作到傍晚，晚上與客戶聚餐。沒有聚餐的時候，就去當地的夜總會稍微揮霍。這是地方中小企業主典型的生活日常。

「今天本來預定祕密調查『S雅緻飯店』呢。」白熊說道

小勝負點點頭。

「那裡可能正因為刑警大舉湧入辦案而變得一團亂，但我們也只能按預定行程繼續調查。剛才，我已經和風見隊長確認過這個方針。」

小勝負一早讀完報，就向上司回報會影響調查的突發刑案。其實，他大可以先向白熊說一聲。但小勝負的職位比白熊高，或許他覺得沒必要徵詢白熊的意見。這一點白熊心裡明白，卻還是感到不舒服，彷彿被晾在了一旁。

用完早餐，兩人坐上租來的車子。

兩人穿著便服。若是一對穿正式套裝的男女在鄉間溫泉區閒晃，也太顯眼了。要是祕密調查曝光，可能會毀掉整個案子，必須避免引起疑心。

時值夏末秋初，連日早晚氣溫微寒。

小勝負穿著牛仔褲配黑T恤，外罩黑色皮革外套。白熊不禁猜想，因為平常騎機車而習慣穿皮外套嗎？但就算問了，也只會惹來不耐的回應，最後沒有問出口。

白熊穿著聚酯纖維洋裝配短靴，套了件淡米色夾克。兩人站在一起，黑白對比，實在不搭。

車子開進今天預定監視的「S雅緻飯店」，並停在離入口最遠的地方，以免被飯店人員記住長相。但就算被注意到，兩人看起來就像來看婚宴場地的準新人，應該不至於留下太深的印象。

十五樓高的「S雅緻飯店」地點絕佳，將整片溪谷盡收眼底。橫長形的建築物順著河流延伸，河流另一側是廣大的停車場。

畢竟是落成於泡沫經濟時期的建築物，外觀上多少有些老舊。然而，大理石入口的每個角落都擦拭得光可鑑人，彷彿聽見飯店人員不願向時代逆境低頭的吶喊。

大門旁邊，通往停車場的步道一部分拉上了「禁止進入」的封鎖線，許多警察忙碌進出。仔細一看，停車場裡停了幾輛看來是媒體的廂型車。

「那與我們無關。繼續調查吧。」小勝負大步走進飯店。白熊小跑步跟上。踩過鮮紅的地毯，兩人走向婚宴服務櫃檯，迅速確認窗口和接待人員人數。離開時，也瞥了一眼宴會廳的廳數，與事前得到的資訊完全一致。

正當兩人打算先撤退，返回大廳時，小勝負突然停步。因為他停得太突然，白熊來不及反應，一頭撞在他的背上。

「哇！」白熊輕輕驚呼一聲，小勝負回頭，食指抵在脣上，低聲說道：

「妳看那裡。」

他的目光鎖定在大廳旁邊的休息室。平日白天人影稀疏，只有一對啜著紅茶的老夫妻、各自帶著幼兒的兩名女子，以及一對年紀懸殊、關係啟人疑竇的男女。再往裡面，獨坐著一名四十多歲男子。

男子披著褐色粗呢外套，看似來洽商。但一看到那張臉，白熊心中一震。是天澤集團的專務天澤雲海，涉嫌聯合行為的三家飯店之一「天澤飯店S」的老闆。

白熊和小勝負已經很熟悉相關高層人員的姓名和照片，雲海的鷹鉤鼻特徵十足，一眼就認了出來。「雲海」，這位有著一個響亮名字的男子，是天澤集團創業者的家族成員，也是現任社長的長子，被認定將來會接班成為第三代社長。

天澤集團飯店分布全國各地。雲海負責經營關東地區，現為栃木縣的「天澤飯店S」的負責人。

高層拜訪競爭企業的行為相當可疑。

聯合行為一般是暗中合意進行。儘管警方對聯合行為不感興趣，但就算撇開大批警力進駐現場這一點，待在許多人出入的飯店休息室，未免過於輕忽。或許這男人是清白的。然而。從一般常理推論嫌疑仍然重大。

「白熊，妳去停車場。」小勝負指示。白熊點點頭，走出飯店。

小勝負似乎要留下來盯著雲海。

白熊拿起手上的相機，逐一拍下停車場內每輛汽車的車牌，準備事後調閱車主資料。其中或許有天澤集團的公司車，也可能發現另一家涉嫌聯合行為的飯店——「溫泉鄉S」的公司車。

如果同一座停車場內，停放著多部競爭同業的公司車，代表這裡極可能是密談場所。

白熊在停車場東奔西跑，迅速拍下車牌。只差兩部就拍完時，收到小勝負的訊息：

『雲海離開，前往停車場。』

她抬頭看向大門，雲海還沒出來。

白熊就像彈出去的橡皮筋，衝刺出去，短短幾秒就拍完剩下的兩部車。

「喂，妳在做什麼？鬼鬼祟祟地偷拍別人的車。」

旁邊傳來聲音。轉頭一看，是一名制服警察。應該是來到刑案現場的警員之一，似乎覺得白熊的行動很可疑。

「沒有，呃……」她一時語塞。

沒空解釋了，內心急得像熱鍋上的螞蟻。

「我正準備買新車，拍照參考而已。不好意思。」

她一股腦說完，轉身就走。也不能奔跑，只好以盡可能自然的速度走向兩人的車。打開車門，迅速上車。

不巧的是，車子離大門很遠。她假裝在駕駛座滑手機，一邊留心大門動靜。

幾十秒後，雲海出來了。提著褐色公事包，步伐從容。他朝案發現場瞥了一眼，但並沒有露出特別感興趣的樣子。接著，他像在等候什麼似地站在大門前張望。

小勝負應該是在飯店裡監視，但雲海就站在門口，他一時也出不來吧。

很快地，一輛黑色豐田世紀從旁邊的馬路滑了進來，在距離雲海站立的位置約十公尺處停下。本來應該是想開到雲海面前，但因為隔著刑案現場，無法靠近。

司機從窗戶探頭出來，東張西望。雲海揮手，似在示意「沒關係，我過去」。他慢慢地往前走。

趁著雲海的注意力放在前來接送的車子，小勝負穿過門口快步走出。白熊迅速發動引擎，將車子開過去。

雲海上車的同時，小勝負快步走向白熊。

快點啦！白熊在內心催促。

小勝負一坐上副駕，雲海的車子也正要開出旁邊的馬路。白熊立刻驅車跟上。雙方之間隔著一輛車。每次白熊差點追丟時，小勝負就嚷嚷著「喏，右彎」，或者「一定是左彎」。

白熊心裡嘀咕：「不會開車的人指揮什麼」，卻也沒有餘裕回嘴，只能聽從指示。

大約開了二十分鐘，剛駛出第二條隧道時，她發現皮包上的手機在響。

「好像是遠山先生打來的。」小勝負瞄了一眼螢幕說。

「可以幫我接嗎？開擴音。」

白熊眼睛依舊盯著前方雲海的車，心想，絕不能在這時候追丟了雲海。遠山應該也知道白熊正在祕密調查，但還是聯絡她，應該是發生了緊急的事。

「喂。」

「喂？」

「我是小勝負。白熊在開車。」

「問一下白熊，知不知道豐島美月去哪裡了。美月好像從昨天就下落不明。」

聽到遠山渾厚的嗓音，白熊腦袋彷彿被重毆一記般遭受深深的衝擊。

「美月下落不明？怎麼回事？」她反射性地插話。

美月才高二。十六歲的少女能過夜的地方有限。或許只是單純離家出走，但太多青少年在離家出走時淪為犯罪被害人。一想到萬一美月有什麼三長兩短，令她不寒而慄。

「白熊，右邊！右彎！」

小勝負的聲音讓她驚覺回神。車子已經來到十字路口，差點就要追丟雲海。白熊迅速察看周圍，方向盤快速右切。隔著一部車，前面就是雲海的車。

「遠山大哥，我完全沒頭緒。如果有什麼消息，請通知我。」

遠山簡短地應了聲「好」，便切斷通話。

心跳如擂鼓。

美月固然令人擔心，但想必美月的母親也陷入了恐慌。

如果上次和美月交談時，自己能採取更好的應對方式，狀況會有所改變嗎？想到這裡，胸口一片冰冷。與豐島浩平的最後一次談話也讓她後悔莫及，她到底要重複相同的後悔多少次？每次她後悔，就要害多少人犧牲？

「喂！」

肩膀被一把抓住。副駕上的小勝負伸手過來。

「現在專心在雲海身上。」語氣嚴厲，拋開了平時的敬語。

「那邊沒有我們幫得上忙的地方，我們只能做好自己的工作。」

「可是，一想到萬一美月出事……」

「尋找離家出走少女是警察的工作。妳不是警察。」

小勝負看似不經意的一句話，卻深深刺傷了白熊。

自己不是警察。

「我知道！」她忍不住大聲頂回去，口氣嗆得連自己都嚇到了。

「但事關人命，不可能不是警察就置之不理啊！」

「好，那妳能做什麼？妳不知道豐島美月在哪裡吧？妳根本幫不上忙！」

她很清楚，小勝負是對的。她好恨自己的無能為力。現在警方應該已經接到失蹤報案，展開尋人行動。交給警方就行了。或許她只是不甘心，自己沒辦法成為尋找美月的警察。

小勝負搔了搔頭，偏著頭說：

「豐島浩平的事，妳似乎還耿耿於懷。但妳根本不需要放在心上。妳受命處理圍標案，詢問案情，只是這樣，沒必要對聽取對象的人生負起責任。」

那淡漠的口吻反而讓白熊更加惱火。

試圖實現正義的吹哨者，未曾想到等在前方的道路竟如此漆黑。小勝負似乎不明白，脫離村落社會後告發家鄉，是一件多麼可怕的事；他不明白那需要多大的勇氣，還有告發之後，面臨的報復會是何等恐怖。

白熊想要反駁，卻一時語塞。她感到訴諸話語只會讓這份感受顯得淺薄。

她努力擠出一句話：

「對方在聽取中自白後，情緒容易變得不穩定，加上來自周遭的壓力，需要一些關懷。」

「關懷並不是妳的工作。」小勝負斬釘截鐵地說。

「關係到一個人的生死，並不是分內工作的問題……」白熊的聲音微微顫抖。

她死命握著方向盤，眼神緊盯前方。道路筆直延伸，讓她暫時不必擔心會追丟雲海。但若是不專注地瞪著前方，眼淚隨時可能奪眶而出。

「要是沒有圍標行為，豐島浩平就不會死了。我們的工作，就是打擊一個個圍標案，讓它不會再次發生。追查雲海，也是為了這個目的吧？請專心在眼前的工作吧。」小勝負的話如同重錘，讓白熊完全無法反駁。

她並不是心悅誠服。擔心美月的情緒並未消失。她就是沒辦法像小勝負那樣，可以瞬間切換心情，專注於眼前的工作。

但白熊的確幫不上忙。她很清楚自己對內心的無力感到焦躁，卻在不知不覺間將這股情緒轉化為對小勝負的不耐。

這男人就算聰明，卻如同機械般冰冷，毫無血肉。被這種人高高在上地指揮，讓她感到窒息。或許，正因為被小勝負的話戳中了痛處，她才會這麼生氣。

警方有警方的職責，公平會有公平會的職責。警察夢碎的自己，卻無法甩掉對警職的眷戀，無法專注於眼前公平會的業務。她覺得小勝負是在指正這一點。但同時也覺得，犯不著說得那麼刺耳吧？

沒神經，或者說無法同理別人的處境，難道就不能想像一下，自己的話可能一不小心就傷了別人嗎？但這些話不可能告訴小勝負。就算說了，他也不會懂。

車子又開了約十分鐘。車內的空氣彷彿凝固般，兩人完全沒有交談。

穿過山區，來到鄰市的溫泉區。

雲海的車在車站前停下。

白熊也在稍遠處停車。

雲海下了車，向司機頷首，隨即走向車站入口。白熊和小勝負也立刻下車跟上。

接近正午，是來到觀光勝地的遊客們覓食的時間。

車站前人潮熙熙攘攘，雖然不至於擦撞，但一眼望去，五、六群觀光客身影交錯。

兩人和雲海保持一定的距離，緩步向車站前進。他們來到驗票閘門前。原以為雲海會直接搭電車，沒想到他卻在這裡止步。

或許他發現被跟蹤了？

白熊霎時感覺到心臟撲通跳了一下。

雲海閃身到閘門旁，從口袋裡掏出手機。似乎要接聽電話。雲海開始通話，但人來人往，聽不見他說了什麼。接著他切斷通話，轉身折返原路。

白熊和小勝負靜靜地待在閘門旁的售票機前，沒有看雲海，假裝在操作售票機。兩人懷著忐忑，靜靜等待雲海經過。

這幾秒鐘無比漫長。

白熊微微抬頭，斜眼一瞥，看見雲海折返回車站入口。

小勝負和白熊交換了一個眼神，朝車站入口走去。

這時，小勝負突然握住白熊的手。

白熊幾乎要驚呼出聲，但努力忍下來。

她明白目標可能起疑，因此小勝負打算假扮情侶。儘管心中明白，但事發突然，身體驀地緊繃起來，追趕雲海的步伐也因此慢下來。走在前面的小勝負還回頭瞥了她一眼。

看到那張臉，雖然不甘心，但她忍不住一陣心動。她覺得小勝負太狡滑了，也覺得自己真是可悲，居然對這麼討厭的男人心動。她為自己感到可恥。

小勝負拉著白熊的手，就像在拉住快要被煙火大會人潮沖散的女友。她的臉頰熱了起來。並不是因為心動，而是為意識到這一切的自己而感到羞恥和可悲，真是無可救藥。

都快三十歲的女人，竟然只因為與異性牽手就心慌意亂，這是怎麼回事？學生時期，她一頭栽進空手道，除了徹也以外，毫無戀愛經驗。這也是她第一次和徹也以外的男人牽手。

為了掩飾內心的慌亂，她加快了腳步。

抬頭一看，小勝負卻一臉若無其事。這也是理所當然的，畢竟這是工作。然而，那張臉讓人既可恨又氣惱。

走在前面的雲海，步伐依舊從容。

他毫不猶豫地走進溫泉區。經過一道小橋，穿過傳統旅館林立的區域，從大馬路轉進一條小巷。周圍有許多小餐館，但顯然不適合闔家用餐，客群多半是情侶或商務接待。

或許他們真的找到了密談的場所。

白熊滿懷期待。然而，周圍的行人愈來愈少，要是人太少，尾隨曝光的可能性就會提高。

走了約五分鐘，雲海停下腳步。

白熊反射性地拉住小勝負的手，藏身在兩家店面之間不到一公尺的空間。巷弄裡是住家，似乎是一條狹窄的私人道路。白熊的身體和小勝負緊貼在一起，但她的目光仍片刻不離雲海的動向，已經無暇胡思亂想了。

她彎下身，只露出一隻眼睛窺視。

雲海頻頻左右張望，但奇妙的是，對背後卻毫不設防。

就在此時，傳來粗魯的叫喊聲：「喂！」

聲音來自雲海附近，原以為是雲海的呼喊，但只見他轉向右方，全身緊繃。

一名矮個頭的男子從右方衝出。男人右手握著菜刀。

男人似乎在說什麼，但她只聽見斷斷續續的聲音，卻聽不清內容。

男子慢慢逼近雲海，伸出菜刀。

白熊不禁倒抽了一口氣。

瞬間，迷惘掠過心頭。要是這時候衝出去，一路的跟蹤都白費了。

下一秒，小勝負回頭看向白熊，抓住她的肩膀，低聲說道：

「白熊，妳留在這裡。」

說完，他便衝向那男人。

當他距離男人只剩幾公尺時，男人終於注意到小勝負。

危險！

小勝負身材高大，奔跑時重心較高，對於手持利刃的男子來說，極易成為目標。

白熊如同子彈般衝了出去。

她的目光牢牢地緊盯男人。男人回頭看向小勝負，刀尖隨之轉向他。男人似乎慌了，胡亂揮舞手中的刀子。小勝負千鈞一髮地避開攻擊，卻失去平衡，反應也慢了一拍。

白熊的動作更快。她壓低身體靠近，猛地一腳踹向男人的小腿。

男子呻吟一聲，反射性地彎身護腿，菜刀「匡啷」應聲掉落，小勝負迅速撿起刀子。

白熊立刻跨坐在男人身上，雙手抓住他的休閒服衣領，緊緊固定住他的脖子。

男人瞬間露出痛苦的神情，隨即昏了過去。白熊便鬆手。

「那傢伙沒事嗎？」小勝負抹著額頭的汗問道。

男人倒在地上，嘴巴半張。露出休閒服袖口的手臂動也不動。

「只是昏過去而已。」

「昏過去？……不會有事吧？」

「沒事的，是絞技的一種，在警校學的。」

小勝負驚訝地看著白熊，似乎被嚇到了。白熊搔著太陽穴，撇過頭去。

小勝負立刻收斂表情，恢復冷靜，取出手機報警並叫救護車。

站在一旁的雲海低聲問道：

「你們是什麼人？」

白熊俯視著昏厥的男子，嘆了一口氣。祕密調查或許曝光了。但人命關天，無可奈何。此刻，她覺得頭好痛。

看向旁邊，小勝負死心認命地聳了聳肩。看到他那副可憐兮兮的樣子，白熊忍不住噗哧一笑。

這時手機響了，是遠山傳來的訊息。

白熊連忙點開，平淡的文字躍入眼簾：

『找到豐島美月了。似乎是離家出走，目前待在朋友家，一切平安。』

白熊心中一塊大石終於落地。這是今天一連串事件中最令人雀躍的消息。美月的母親應該也能放心了吧。

「真是太好了。」

白熊抹去眼角的淚水。一旁的小勝負咕噥道：

「也犯不著哭吧？」

只見他雙手插進皮外套的口袋，一臉不感興趣。

「哭又有什麼關係？」白熊反駁。小勝負再次聳肩。

4

「唉，你們兩個。」風見隊長虛弱地哀鳴。

他深吸一口氣，似乎在努力平復情緒。雙肘放在桌上，抱著腦袋。

「唉……你們兩個真了不起，真的很了不起，可是，唉……」又一道嘆息從他口中逸出。

小勝負和白熊回到霞關。這個案子也形同觸礁了。

那天，警車和救護車迅速到場。雲海和偷襲的男人都平安無事。

男人是在S市經營花店的石田正樹，年紀約莫五十五歲，身形與「S雅緻飯店」監視器拍到的歹徒完全符合。

他被警方依《違反槍砲刀械法》以現行犯逮捕後，並因涉嫌前天的飯店老闆殺人未遂案受到偵訊。警方認為他企圖連續刺殺飯店老闆。

小勝負和白熊身為阻止第二起犯行的目擊者，也接受了警方的訊問。

他們表明公平交易委員會的審查官身分，說明內情後，卻只換來冷漠的應對：

「公平會？你們也學警察搞跟蹤嗎？」刑警露骨地投以狐疑的眼神。

公平會的調查對象範圍極廣，其中惡質案件會被處以刑事罰，因此程序中也會有檢察單位參與。

但當檢方出面時，表示公平會已將證據蒐集齊全，接下來就要進入起訴的階段，極少動員警方，因此警察幾乎不清楚公平交易委員會都在做些什麼。

「去問檢察廳的檢察官就知道了。」兩人拚命拜託，總算讓刑警相信了。

筋疲力竭地回到車站前，卻發現停在那裡的租車被開了違停罰單。

「真是倒霉到家。」白熊哀嚎起來。「他們和公平會到底有什麼仇？就算是弱小機關的冷門業務，也不必開人罰單吧？這完全是可以祭出刑事裁罰的正規勤務啊！換作是警察或檢察官的車，還可以用辦案當理由逃過罰單……」聲音愈講愈沒勁。

「算了……反正我們就是弱小機關。」

站在白熊前方一步的小勝負回頭，雙手依然插在皮夾克的口袋裡，低聲說：

「即使弱小，還是必須挺身戰鬥。」

視線在空中與小勝負交會。一陣疾風吹過，白熊打了個冷顫。

「好冷！快點回旅館吧。」小勝負拱起肩膀往前走。

「話說回來，這次幾乎都是我在戰鬥吧？你不過就是撿了把菜刀。」

白熊語氣略顯不滿，卻也想起了當時的情況。當她還在猶豫，小勝負卻已經衝了出去。從他的動作來看，顯然對打鬥並不熟悉。雖然他體格高大，對方身形矮小，但那可是得赤手空拳對抗且手持凶刀的對象。

「但以你而言，算很努力了。」白熊小跑步追上小勝負，仰望著他的臉說道。

小勝負搔了搔太陽穴，別開目光。

「咦，你也會難為情嗎？」白熊忍不住調侃。

小勝負不理會她，步伐比剛才快了幾分。

當晚兩人返回旅館，預定隔天重啟調查。

沒想到案件的發展急轉直下，兩人接到指令，要他們立刻返回霞關。據說是雲海發現自己被盯上，主動聯絡公平會的諮詢指導室。

「敝公司似乎蒙上了某些嫌疑，但我們完全不明白是怎麼一回事。如果敝公司不慎觸犯法條，我們會改善，請不吝提供指導。」雲海似乎厚顏無恥地這麼說。他聯絡的目的，無疑是為了表示「你們偷偷摸摸調查，早就被我發現了，再查下去也是白費力氣」。

兩人先前就暗地拜託刑警，不要告訴雲海公平會涉入其中，但消息仍走漏了，教人傻眼。

八成是警方被雲海的花言巧語所哄騙，不小心說溜了嘴，畢竟警方並不充分理解公平會業務的重要性與機密性。也可能雲海在當地警方中布有人脈。

公平會頓時像炸了鍋，亂成一團。風見隊長、本庄審查長，還有更上級的長官緊急開會討論，最後拍板暫時擱置這次的聯合行為案件。

當長官說「擱置」的時候，幾乎就意味著「結束」。想要揭發雲海不法行為的行動，以失敗告終。

「你們很了不起，但我可是被電得滿頭包。不，你們不必在意這些……」風見整個人在辦公桌前縮得小小的，牢騷發個沒完。

小勝負不理會風見，開口說：

「雲海這人很精明。明明差點被刺殺，隔天卻已老奸巨滑地展開反制。如果他再軟弱一點，或許我們就有辦法徹查到底。」

白熊咬住下唇，內心懷著複雜的情緒。

衝出去救雲海，對此她不後悔。但接下來的應對實在過於掉以輕心。她應該對雲海的行動更加警覺。

「既然他那麼狡滑，或許還會犯下其他違反公平法的行為。以後一定要趁別的機會逮住他。」白熊說道。

小勝負一聽，目不轉睛地回看她，眼神中透著灼熱的嚴肅感。

「白熊，難得我和妳有志一同。」

在風見的呻吟聲中，霞關的下午靜靜流逝。

II 不要踩珍珠

1

柔和的光線灑入純白的禮堂，映照在大理石地板上的深琉璃色地毯。兩旁的石製長椅擦拭得澄亮，彷彿輕輕一碰就會留下顯眼的指紋。

「很多新娘都喜歡彩繪玻璃。」

一身黑色褲裝的女婚禮企畫師伸出手掌，指向禮堂前方。正面上方的圓窗，透過玻璃鑲嵌出優美的植物與花朵圖樣。

「楓，妳覺得呢？」徹也小聲問。

「呃，嗯，我覺得很棒。」

「依妳的喜好決定就行了。」徹也在離她半步的前方回頭，語氣溫柔。

「謝謝。」

白熊含糊地微笑。徹也的溫柔讓她感到放心，但就算叫她依喜好決定，她也沒有任何具體的期待。

兩人一早就在橫濱一帶參觀婚宴會場，已經是第三家了。

每個場地都相當華美明亮，充滿了歡欣的氣氛。她參加過幾次朋友的婚禮，與那些場地相比也毫不遜色。但反過來說，這些場地似乎沒有令人印象深刻或較突出的特色，她一時無從決定。

回到以琉璃色簾幕區隔的諮詢室，婚禮企畫師翻開一本黑皮革檔案夾。

「方案金額就像上面所列出的，三十人兩百八十萬圓，五十人三百四十萬圓，價格隨賓客人數變動。但要是是扣除賓客的紅包，大部分自付額都在兩百萬圓左右。」

白熊一邊聽，一邊回想自己的存款金額。雖然不是拿不出來，但如此大筆的支出，她實在無法當場決定。

「除了這些，還有婚紗禮服費和鮮花費吧？」白熊問道。婚禮企畫師維持著上揚的嘴角，點了點頭：

「這要看新娘的喜好。婚紗大多在三十萬到五十萬圓之間，鮮花約十萬到二十萬圓。」

「婚紗和鮮花加起來要四、五十萬圓啊……」她口中洩出嘆息。這金額相當於兩個月的實領月薪。

「畢竟是一生一次的大事喔。」

婚禮企畫師滿臉燦笑，而白熊的內心卻泛起一陣苦澀。她瞥了一眼旁邊的徹也，他面帶微笑，回望著她。

為了鼓勵生病的母親，徹也對婚禮格外積極。白熊感受得出來，他希望盡量滿足她的願望。在他的觀念裡，婚禮就是要滿足新娘的任性吧。

「若今天先暫訂日期，飯店會免費升級花飾，並贈送一套禮服，婚紗照也半價，可以得到多達相當於一百萬圓的折扣。」

「唔……」

白熊遲遲無法做出決定，徹也直直盯著她。

「暫訂檔期的階段，不需要支付訂金，也沒有正式預約的義務。所以我建議可以先保留日期，再回去仔細評估。」

在另外兩個會場，他們也聽到了相同的說明。

幾乎所有會場都提供暫訂檔期的優惠。若是參觀當天就訂下婚禮日期，便能獲得許多折扣和優惠。保留期限大約是一星期到十天，似乎不少準新人會先將心儀的會場保留下來，然後再慢慢比較。

白熊猶豫片刻，最終在其他兩家會館也暫訂了檔期。

婚禮預計在明年秋天舉行。每一家會館都喊出秋天是結婚的旺季，及早正式預約比較好的推銷話術。雖然都說「六月新娘」，但六月難得遇見好天氣，據說日本的婚禮幾乎集中在秋天。

「要是想變更或取消，有多大的通融空間？」白熊謹慎地問。

她進入公平交易委員會後，今年已經是第五年。明年春天說不定會被調到首都以外的縣市。當然，並不是每個人都會面臨調職，而且也能以家庭因素為由拒絕調動。但為了避免引來無謂的擔心，她還沒有告訴徹也這件事。

「其實比起其他公司，我們的彈性相當大。」

徹也和白熊同時抬頭。似乎是從兩人的反應看到了商機，婚禮企畫師的聲音變得更熱情：

「婚禮兩週前，都還可以調整賓客數或會場裝飾。檔期變更也是，只要會館有空，就不會加收費用。雖然這話不能對外說，但就算是婚禮前一天，甚至是當天，我們都會盡力配合，滿足兩位的要求。」

「連當天都行嗎？」白熊驚訝地反問。

之前的會館都只是照本宣科地說明取消規定。

「花飾是在婚禮當天布置，但有時候無可避免會和新娘的想像產生落差。在這種情況，我們會居間與花飾業者彈性討論。此外，如果婚紗照和想像不同，也可以重拍。婚禮當天的影片，也可以依客戶要求重新剪輯。我們的宗旨就是以最大的彈性，為新人實現理想中的婚禮。」

婚禮企畫師不疾不徐的口吻，讓人不知不覺間萌生好感。她感覺即使決定之後，只要說明狀況，也能得到合理的回應。畢竟婚禮得花上超過一年的時間籌備，相關安排自然是愈細膩愈好。

最終，他們在這家會館也暫訂了檔期。

兩人原本打算參觀場地後，便回徹也家。

白熊剛走出會館的化妝室，徹也正好從休息室出來。手機按在耳邊，和白熊對望了一眼，徹也便快步走向會館外的中庭。他一手拿著手機，另一手掩在嘴邊低聲說話。

「沒事吧？是媽怎麼了嗎？」白熊疑惑地問道。徹也搖搖頭：

「不，沒事。今天可以先不要來我家嗎？」

「有工作嗎？」

徹也是警察，平時都要輪班，休假時幾乎不會接到工作電話。但遇到轄區有大案子，他有時也會被叫去支援。

「唔，差不多。」

徹也搔了搔鼻頭，快步往前走。兩人要搭的電車不同，因此在車站前道別。徹也一向大步悠哉，這時卻匆促地走進驗票閘門。

是有什麼急事嗎？白熊目送著他的背影，心中充滿疑惑。

隔天，白熊來到中央聯合辦公大樓十八樓的會議室。約二十名年輕職員聚集在這裡，氣氛略顯沉悶。臺上站著檢察廳調派到公平會的檢察官綠川。

這位擔任研習講師的女檢察官綠川年約二十後半，和白熊年齡相仿，甚至可能更年輕。一頭颯爽的短髮襯托出那雙清秀的眼眸，讓她顯得脫俗出眾，無框眼鏡更增添幾分才女的氣質。

「這叫法學三段論法，大前提是法律，小前提是具體事實，適用法條的結果……」

綠川的說明枯燥無味，令人昏昏欲睡。

警校也有法律課程，但大多會結合案例說明，淺顯易懂。因此儘管她努力搬出一堆抽象的理論，聽眾仍一頭霧水。

幾年前開始，公平會便針對職員舉辦「調查筆錄講座」。既然要上法庭，就必須製作足以將被告定罪的調查筆錄。術業有專攻，因此請來筆錄專家的檢察官擔任講師。

然而，檢察官接受的是法律教育，通過司法考試的他們，關於法律的說明卻讓人感到艱澀難懂。

「喂，守里，妳聽得懂嗎？」

白熊低聲問右邊的紺野守里。守里睜圓了一雙溫和的眼睛，點了點頭。燙成微鬈的褐髮輕輕搖晃。

「小楓，妳聽不懂嗎？」守里擔心地蹙起眉頭。

白熊一手摀住嘴巴，掩飾自己的表情。期待守里也聽不懂的自己，令她自覺羞愧。

守里是白熊的同期，任職於數位鑑識團隊（Digital Forensic Team，簡稱DFT）的工程師。DFT是復原遭刪除資料的專家團隊。守里是理科人，對法律應該不熟悉。但她有一顆邏輯腦，只要邏輯分明，一點就通。

看看左邊的小勝負，正憋著哈欠，盯著電腦。還以為他在做筆記，沒想到居然在玩踩地雷。

小勝負二十歲就通過司法考試。只要他有意願，應該早已成為檢察官。想必對這堂課的內容再熟悉不過。

白熊總覺得只有自己是個沒救的笨學生，無奈地垮下肩膀。

原本聽取陳述的業務，與邏輯、法學幾段論法並無直接關係，而是人與人之間的碰撞。前上司的資深審查官遠山也曾經這麼說。

「哈……」

白熊打了個哈欠，幾乎同時小勝負也跟著大打哈欠。

講師綠川此時投來了目光，然後若無其事地繼續上課。

「必須隨時謹記法學要件，聽取相對應的事實……」

一直以來，檢調與公平會之間不斷上演著協調與對立的關係。公平會的工作主要是取締聯合行為、圍標、欺壓包商等由《獨占禁止法》[3]規定的禁止事項。其中一部分也會科以刑責，而起訴權由檢察官一手掌握。

換句話說，兩者的職權有部分重疊。過去，公平會曾出現未知會檢方便展開調查的案例，雙方關係因而惡化。如今雙方雖不時合作查案，公平會也會向檢察廳借調人員，但由於兩方組織文化不同，對立的情況依然時有發生。

檢察官通常依據警方或公平會整理的第一手資料來進行判斷。他們本身也會製作筆錄，但並不常在現場奔波蒐集證據。相較之下，公平會更偏重於現場調查。不論再熟悉法律，若無法腳踏實地調查，就稱不上獨當一面。

「最後……如果在調查的過程中發現犯罪線索，請務必報請借調檢察官處理。檢方會和警方合作，打擊犯罪。」

最後綠川如此收尾。

然而，在調查過程中，幾乎不會發現明顯的犯罪行為。即使有，也從未聽聞與檢方或警方合作破獲犯罪的例子。綠川這話的意思，或許是希望進一步加強合作。

午休前三十分鐘，課程總算結束了。

白熊伸了個懶腰，正準備離開會議室，這時背後有人出聲：

3 編注：完整名稱為「關於禁止私的獨占及確保公平交易法律」，簡稱《獨禁法》，亦被稱為《反壟斷法》，目的在維持經濟營運秩序下的企業活動。

「小勝負，白熊，方便借點時間嗎？」

回頭一看，是借調來上課的講師綠川。

她昂然挺立，腋下夾著一個青色的包袱。是檢察的公發包袱巾。公平會的職員也有公發包袱巾，但顏色是透著幾分紫的青色。檢察的包袱巾則是更鮮豔的青色，印象華美。兩者的顏色彷彿與世人的觀感重疊，每次看到檢察的包袱巾，白熊心中總感到一陣刺痛。

「關於新的案子，我有話想說，你們可以先留下來嗎？」

白熊本來還在緊張是要訓斥兩人的上課態度，結果完全不是。

綠川四下張望，確定其他職員都離開會議室後，坐了下來。

白熊和小勝負也在附近找位置坐下。

「我接到宇都宮地檢通知，也知會了本庄審查長、風見隊長還有桃園姊。本庄審查長說實際調查的是兩位，要我也向兩位說明。」她的口吻和上課時一樣，十分平淡。

綠川的無框眼鏡邊緣反射出微光。

「是關於石田正樹的事。」

小勝負和白熊對望了一眼。

「就是飯店老闆殺人未遂案的嫌犯。小勝負、白熊，非常感謝兩位前些日子協助逮捕嫌犯。」綠川說完便挺直上身，屈身行了個禮。她那不帶感情的口吻和俐落的動作，讓人聯想到機器人。或許是因為長得美，才拉出了一段稍顯冰冷的距離嗎？氣質上與小勝負有些相似。

「說順帶有些不好意思，但我想進一步查證石田的證詞。兩起案子，石田都否認犯案。」綠川的話語中透著一絲緊迫。

「妳是說，他不是蓄意行凶？」小勝負插嘴問道。

小勝負向來使用敬語，這時語氣卻透著幾分親近，白熊不禁吃了一驚。綠川似乎也是東大畢業，加上兩人年齡相近，或許本來就認識。

聽到小勝負的問題，綠川搖了搖頭說：

「不，第一起案子仍在爭論嫌犯是否為真凶。」

「這樣啊，看來宇都宮地檢很頭痛呢。」小勝負回應。

「你理解得很快。」綠川和小勝負自顧自地對話，一旁的白熊丈二金剛摸不著頭腦。

「什麼意思？」白熊低聲問小勝負。

「也就是抓錯人了。石田主張自己沒有殺人，也就是不是他幹的。對吧，綠川？」

「沒錯。石田宣稱對第一起案子毫不知情。」

「咦，可是……」

白熊歪起頭，疑惑地說：

「第二起案子發生當下，他正要刺殺天澤雲海，被我們當場制伏，不可能抓錯人。」

「關於第二起案子，石田聲稱他是去談判，並不打算傷人。帶著菜刀，是因為若不稍作威脅，對方不會聽他說話。」

「小勝負撲上去的時候，石田可是猛力揮舞菜刀喔。菜刀真的只是嚇唬用的嗎？」

「他供稱因為有個男人突然朝他撲過去，一時驚嚇才揮起了菜刀。」

「唔……好吧，或許也說得通。」白熊含糊其詞，回想起當時的情景。

石田靠近雲海時，口中確實在說些什麼。白熊當時嚇得六神無主，雖聽到石田在說話，卻聽不出他在說什麼。

真的是為了談判才帶菜刀嗎？雖然令人存疑，但也沒有證據否定石田的供述。

「我早就說了，石田不是凶手。」小勝負交抱胳臂，語氣堅定。

白熊驚訝地轉頭看向小勝負。

「前些日子警方做筆錄的時候，我也是這麼陳述。第一起殺人未遂案，刀子上沒有指紋，歹徒應該是戴了手套，還拉起帽兜，戴口罩遮掩面孔。但石田面對雲海時，穿著普通的休閒上衣，既沒有遮掩臉孔，也沒有戴手套，菜刀上應該全是他的指紋。他與第一起案件的凶手，唯一的共通點只有身材相仿。身材相仿的人，全日本到處都是。」

白熊完全不知道小勝負對警方說了這些。這也情有可原。自從上次出差回來，兩人的交談幾乎只限於公事。

桃園向小勝負拋出許多話題，但小勝負每次都回得很不耐煩。看到他的反應，白熊也不敢隨意找小勝負閒聊。

「況且，只因違反《刀槍管制法》就逮捕石田，還持續羈押，這在一般情況下是不應該發生的。為了調查第一起案件而假藉其他罪狀的名義進行逮捕，根本是違法。」

「這是有令狀的正規調查，不勞你擔心。」綠川嚴肅地回應。

「石田一直以來供貨給『天澤飯店S』的婚禮部門。那些花要用來裝飾新人主桌吧？賓客席也有花，還有新娘捧花等花飾。原本由石田經營的花店供應，但石田指稱婚禮部門不斷惡意刁難，好比在婚禮前一刻更換花的種類，或是當天布置好了卻要求修改，卻根本討不到追加作業的開銷。」

白熊驚訝地抬起頭。

「幹嘛突然嚇一跳？」小勝負冷冷地插口。

「不，沒事。」

昨天，白熊才剛參觀婚禮會場。

婚禮企畫師特別強調婚禮前一天或當天的變更，飯店都能彈性應對。這讓身為客戶的她很安心，但她完全沒想到這會影響末端的供應商。她為自己的天真感到羞愧。

身為取締欺壓包商的公平會職員，理當要留意供應商的處境。與徹也在一起的時候，她不想談工作。徹也也一樣，絕口不提自己的工作，也不過問白熊。因此不知不覺間，白熊將私生活和工作澈底分開來思考。

綠川不理會白熊的反應，繼續說道：

「由於飯店惡意刁難，花店的生意似乎愈來愈難做。石田試圖找婚禮部門談判，對方卻完全不回應。他想，既然如此，只能直接找雲海談。可聯絡了好幾次都聯絡不上，他才決定尾隨雲海，找個僻靜的地方談判。」

「呃，難道……」白熊警戒地開口：「妳希望我們調查飯店欺壓供應商的內幕？」

「沒錯。我問過本庄審查長，她說還沒有立案，這不是怠忽職守嗎？」

「立案也是有優先順序……」

「是宇都宮地檢跑來求妳吧？」小勝負插嘴：「這是犯罪的重大動機，詢問公平會，公平會卻一問三不知，才透過調派到這裡的自己人，催促盡速調查。不過說起來，這種事檢察自己調查就行了。怠忽職守的到底是誰？」

說得好！白熊在內心喝采。

過去，公平會三天兩頭就被檢察酸言酸語，頤指氣使，卻沒人敢頂撞。畢竟重大案件最後仍須請檢察起訴，為了避免打壞關係，只好對檢方再三隱忍。

綠川不發一語，咬住下脣。

小勝負的眼中閃爍著光芒，饒富興味地看著綠川的反應。

「唔，好吧，我們會調查。我也對第二起案件的被害者天澤雲海感到好奇。白熊妳也是吧？」

小勝負回頭看向白熊，脣角浮現冷笑。小勝負站起來，白熊也跟著起身。他握住會議室的門把，正準備出去。

「喂，小勝負。」綠川語氣不變，帶著親暱感。「你為什麼跑來公平會這種地方？你明明還有其他可以做的事吧？」

瞬間，場面陷入沉默。

白熊不知所措地交互看著兩人。

「自己的頭腦要怎麼用，我自己會決定。」小勝負頭也不回，走出會議室。

2

隔天，兩人前往栃木縣。

雖然才十月初，卻已經相當寒冷。河岸點綴著染成黃褐與紅色的樹木。前往警察署的途中，幾輛賞楓的遊覽車正朝反方向駛過。

白熊走出租車，不由自主地打著哆嗦。

幸好不是大雪季節，但寒風毫不留情地撲面而來。早晚的氣溫似乎會降到冰點以下。

進入暖氣大開的警察署，緊繃的肩膀頓時鬆懈下來。

她在櫃檯遞出名片，要求接見石田正樹。警察點點頭，轉身走進裡面。幾分鐘後，那名警察走回來，蹙緊眉頭說：

「不好意思，石田被禁見，目前不能會面。」

「必要的筆錄應該都做完了吧？怎麼還被禁見？」白熊一臉疑惑。

「因為石田否認犯案，很可能湮滅證據。法院做了保守的處置。」警察解釋。

一般來說，即使是遭到逮捕的嫌犯，還是可以自由接見。但若嫌犯有逃亡或滅證之虞，就只能接見律師，這叫禁見。

「尤其兩位是案發現場的目擊者吧？所以不能讓兩位見石田。畢竟兩位也可能受石田威脅，改變供述。」

雙方來回爭論，但警方仍堅持禁見。

「沒辦法，去石田的花店看看吧。」

白熊點點頭。既然小勝負都說沒辦法了，那就是沒辦法。

石田的花店位於住宅區和田地圍繞的馬路旁，坐落在足以停放二、三十部汽車的廣大停車場深處，是一棟橫長形的木造平房，牆壁的木紋刷成米白色，正面掛出店招，以紅色的渾圓書法字寫著「石田花店」，看起來就像休息站。

店內一片雜亂。約十坪大的空間中央，擺放著三層展示架，密不通風地擠著一排細長的黑色水桶，桶內插著五顏六色的鮮花。每個水桶上貼著名片大小的標價，以黑色奇異筆寫著「玫瑰　國產　三二〇圓」、「菊花　國產特選　一二〇圓」等字樣。展示架周邊動線也圍繞著黑色水桶，同樣插滿了花。

有一區擺放著園藝花苗，牌子上寫著「東方虞美人　初夏盛開」，並附上鮮紅色花朵的照片。沿著牆壁繞了一圈的架子上，陳列著贈禮用的花藝商品和小型盆栽。鋪在架上的紅色格紋塑膠布，就像格格不入的野餐墊，破壞了整體氣氛。

兩人走向裡面的收銀臺，沒看到店員。

收銀臺旁邊立放著一塊Ａ３尺寸的黑板，上面以白色粉筆字寫著「本店每日提供當地最物美價廉的商品」。底下又補了一行「免費配送到府」，並加上紅色底線強調。

「嗯，這還真是……」小勝負喃喃道。

白熊凝視著黑板上的文字，胸口隱隱作痛。

這些字句顯示出為了在價格戰中存活下來，店主拚命做生意的痕跡。

花店的零售價格很低，賣出一枝花，毛利也只有幾十圓到幾百圓。扣掉房租、宅配、汽車維修、人事費用等，淨利所剩無幾。

花店的利潤，就像在沙漠中累積的雨水。若是連這一丁點的利潤都被雲海那種飯店婚禮產業吸光，世上再也沒有比這更沒天理的事了。

正當白熊陷入沉思，後場傳來腳步聲，一名女店員走了出來了，應該是聽到兩人進來的聲音。

女店員可愛的臉龐上洋溢著親切的笑容，從肌膚光澤來看，應該年近四十，但整體印象卻顯得很年輕。她穿著白襯衫搭配寬鬆的牛仔褲，繫著黃色格紋圍裙，胸口別著紅色鬱金香的布章。這身打扮弄得不好，看起來可能像幼兒園制服般稚氣。但她卻將這身裝扮穿得活潑又得體。是因為那張圓臉、眉上修齊的瀏海、一笑就凹陷的酒窩，每個部位都格外可愛的關係嗎？

兩人已經從綠川那裡聽說了石田的人際關係。石田約二十年前結婚，但幾年後便離婚，約五年前再婚，沒有小孩。這家店應該是夫妻兩人加上三、四名計時人員在打理。

「請問是警察嗎？」女店員一雙漆黑的大眼驚慌地顫動著。

「不，我們是公平交易委員會的人。妳是？」

「我叫石田七瀨，是被逮捕的石田正樹的太太。」

石田正樹應該五十多歲，和七瀨的年紀相差至少一輪。

七瀨走向店門口，將掛在門上的「營業中」的牌子翻面，然後回頭對兩人說：

「裡面請。」

後場中央有兩張工作檯。

兩人環顧四周，許多黑色水桶疊在一起，牆上掛著橡皮手套和剪刀。這裡似乎是工作室，辦公室應該在別處。雖然沒有植物，卻瀰漫著濃烈的綠意清香。

七瀨勸他們坐下，兩人便各自找了張高腳凳坐下。

「請等一下喔。」七瀨說完後匆匆離開。幾分鐘後，她帶來幾本檔案夾。

「這是店裡的帳簿，交易紀錄都在裡面。」

小勝負皺眉：

「妳怎麼會覺得需要帳簿？」

「咦？你們是公平會的人吧？如果想確認什麼，應該要看帳簿吧？」七瀨的視線游移不定。

小勝負露出懷疑的神色，微微側頭，但仍繼續提問：

「石田太太，請問其他員工呢？」

「我請他們暫時休息。之前本來還有一些訂單，但全取消了。都是因為外子幹了傻事……」七瀨垂下目光。

白熊注視著七瀨，心中感到一絲酸楚。七瀨看起來在笑，但那笑容似乎是因為咬緊牙關而形成嘴角上揚。想像她的感受，白熊心痛不已。小勝負則看也不看七瀨，自顧自地翻起帳簿。

白熊探出身體想看，但小勝負翻頁的速度太快，根本看不清楚。

「營業額中七成都和婚喪喜慶相關呢。」小勝負指著帳簿說道。

「是的。這種定期的大訂單，幫助很大。」七瀨回應道。

「可是高達七成，風險很高吧？事實上，整體營業額也下滑了。」

「最近風行一種……那叫做裸婚嗎？愈來愈少人願意為婚禮花錢了。至於喪禮，可能是高齡化的影響，數量很多。可是因為親戚與街坊往來減少，喪禮的規模也逐年縮水。每一筆金額不大，但件數很多，宅配的人事費和油錢也愈來愈高。」

小勝負點頭，繼續追問：

「婚禮的營業額占了整體的四成，其中一半，也就是幾乎兩成都是來自天澤集團的訂單。天澤集團目前是你們最大的客戶？」

「是的。天澤集團是我們超過十年的老客戶。但最近的要求實在讓人吃不消。」

七瀨說到這裡停住，焦點渙散的眼神注視著虛空。

「他們要求我們購買與生意無關的晚餐券，還有年菜，並依據我們出貨的金額，單方面指定要我們買多少。這形同強制折扣。去年我們就買了高達一百萬圓，光是計算要賣掉多少花才能打平，頭都快暈了。對方卻說對每一個合作的供應商都這樣要求，我們也拒絕不了。」

七瀨嘆了口氣，臉上浮現清晰的法令紋，與那張稚氣的臉形成鮮明對比。

關於婚禮產業欺壓供應商情事，過去曾經做過調查。

統計對象中，超過三成的業者遇過與這家店相同的損害。他們被迫購買與婚禮供貨無關的商品或服務，其中約九成業者會默默吞下這些要求。考慮到可能會影響往後的生意，他們也只能接受。

在日本，以大欺小的行為就是如此猖獗。由於件數過多，也無法全數取締。這次調查是受到檢方的壓力才展開，或許反倒成了幸運的案例。

「不光是這樣。就算我們依照訂單出貨，他們也會對布置提出瑣碎的更改要求。員工的加班費增加，但飯店自然不會埋單。因為天澤集團的生意，外子和我被搞得焦頭爛額，但又不能失去這個客戶。要是少了天澤集團的訂單，店就會倒。我們曾經請雲海先生來這家店，請他重新考慮交易條件，還是沒用。我想外子也是被逼到絕路，才會做出那種事。」

小勝負從帳簿抬起目光，直盯著七瀨。

他的眼神意外地冰冷，白熊心中一凜。

「你們不考慮脫離對天澤集團的依賴嗎？如果不將主力放在店面經營，而非婚喪喜慶，經營基礎永遠不可能穩定。」

七瀨眨了眨眼，回視小勝負。

明明在傾訴遭遇的受害情事，卻突然被指點起生意，想必很錯愕吧。經營陷入困境，苦苦掙扎，丈夫又被逮捕，她一個女人孤苦無依。對一個可憐的人說教，又有什麼用？

白熊以眼神制止小勝負，但小勝負不理會，接著說：

「至少一半。店面收入要占營業額的一半。理想是七成，但光是一半，經營體質應該就會大幅改善。」

「雖然您這麼說，但花店產業本身就在萎縮……」七瀨的話語中透著幾分怒意。這是當然的。白熊和小勝負不是生意人，而是捧著鐵飯碗的公務員，每個月照領薪水，也不怕被開除。被這種身分的人說教，絕對不可能服氣。

小勝負又要開口，白熊立刻打斷：

「喂，你夠了吧？」

七瀨的眼眶都溼了。感覺一眨眼就要落淚。

「什麼夠了？」小勝負瞪著白熊。「妳的意思是，就算這家店倒了也無所謂嗎？」

「不是這樣。就算你現在當著老闆訓話，又有什麼幫助？你之前不就說了，這類干涉與我們公平會的工作無關。」

「唔，確實如此。我只是對那些滿嘴藉口、自怨自艾的人打從心底氣不過。」小勝負氣憤地說。

「說得太難聽了吧？」白熊回瞪小勝負。

她明白不應該在調查對象前爭吵，但她必須在七瀨面前展現她是站在她那邊的，否則就變成小勝負單方面的訓斥。而要她丟下這樣的七瀨不管，她也做不到。

七瀨的肩膀微微顫抖。

「我們也是拚了命在做。我們一直老老實實地經營。其實很少客人知道，花是生鮮品，每天進貨的價格也不一樣。我們必須配合進貨價，勉強不賠本地賣花。這一帶有很多行動不便的老人家，所以我們也接電話訂單，免費送花過去。就算是平凡無奇的一天，只要買點花裝飾在家裡，也會變成美好的一天，對吧？我們想要盡可能為鄰里帶來這樣微小的幸福。」

「所以說，為了……」

這時，七瀨「哇」一聲哭了出來，打斷了小勝負的話。

白熊立刻跑近七瀨，蹲低身體，讓視線齊平。七瀨坐在高腳凳上抽泣，白熊輕撫著她的背。

七瀨一手掩著臉，另一手捂著肚子。纖細的全身，只有肚腹微微鼓起。

「七瀨太太，難道……」

七瀨緩緩抬起頭，眉毛下垂，露出了微笑。

那微笑中摻雜著不知所措的情緒。

「啊……是，已經七個月了。」

她再次低下頭，虛弱地笑了。

「為了這孩子，絕不能讓這家店倒掉……所以外子也急了吧。不料弄巧成拙，還被警察逮捕，一切都糟透了。」

七瀨說得輕描淡寫。面臨嚴峻的處境，人有時反而只能用這種方式表達。

肚子裡懷著孩子，每天守著空蕩蕩的花店，這究竟會讓人變得多麼不安？丈夫遭到關押，街坊流言四起，或許還被孤立了。

內心一陣冰涼。她想起了豐島浩平。七瀨撐得下去嗎？

她一時說不出話來。不知道該說什麼才好。

一旁的小勝負嘆了口氣，面無表情。倒不如說，甚至看起來多了幾分厭煩感。他稍稍抬高下巴，搔著頭，一副不情願的表情走近七瀨，單膝跪下，看著她的側面說：

「石田太太，天澤集團對你們極盡欺壓之能事，對吧？有什麼證據可以證明嗎？」

七瀨搖搖頭。

「只有店裡的帳簿。上面有購買晚餐秀的票券和年菜的紀錄，但沒有我們被逼迫購買的證據。雖然他們提出了許多不合理的要求，但應該沒有相關的紀錄或證據。」

「我知道了。我們會再深入調查天澤集團，請放心。但關於這家店，如果妳不好好振作起來，別人也愛莫能助。」

白熊反射性地拉扯小勝負的袖子。都這種狀況了，還要對七瀨落井下石，令她難以置信。

「我們要告辭了。不好意思打擾了。」

白熊起身後，小勝負也跟著站起來。他看著白熊聳了聳肩，臉上毫無罪惡感，雙手插在褲袋裡，滿不在乎地站著。

那模樣實在教人氣憤，但白熊覺得當務之急是盡快離開這裡。

「七瀨太太，請千萬保重身體。我們還會再過來，在那之前，請答應我，千萬不可以衝動行事。」

白熊暗忖，不能重蹈豐島浩平的覆轍，於是臨走前對七瀨說了這番話。七瀨沒有回應，只是輕輕頷首。

白熊拖著小勝負離開花店。

「為什麼你要說得那麼過分？」白熊一邊驅車前往車站，一邊問道。

「我只是陳述事實。」小勝負的語氣平淡。

「也不必故意挑在人家軟弱的時候說吧？」

小勝負一臉詫異地看著白熊。

「妳在說什麼？就是因為軟弱，才更要認清現實。看到石田太太今天那樣子，妳有什麼想法？」

「很可憐啊。她已經盡一切努力了，卻因為不景氣，再怎麼努力也得不到回報。這年頭根本沒有人有閒錢買花，更別說還有像鬣狗一樣乘人之危的業者。」

「那樣真的能算是盡了一切努力嗎？」小勝負的問題讓白熊心中一緊

「什麼意思？」

「算了，就算跟現在的妳說，妳也聽不進去吧。」

小勝負的語氣讓白熊感到火大。

這是強者的偏見。小勝負成績優秀，順利爭取到工作，一帆風順地走到今天。他肯定沒吃過什麼苦，也活在努力就有回報的世界裡。他想將自己的成功視為努力的成果，因此看到窮困潦倒的人，就會直接將這群人貼上不夠努力的標籤。明明世界上就存在許多即使努力也無能為力的情況。

「那女人不能相信。我認為她有所隱瞞。」

「隱瞞什麼？」

「還不清楚。但我覺得很不對勁。我們才報上公平交易委員會的身分，她什麼都沒問，就讓我們進去後場。」

「很不尋常嗎？」

「說不過去啊。公平會是個弱小的機關，沒多少民眾聽過，也幾乎沒有人曉得我們在做什麼。一般情況下，如果有公平會的人上門，當然會先問有什麼事？或者，你們是做什麼的？可以看看身分證或名片嗎？可是，石田太太卻跳過這些，直接拿出必要的資料，彷彿早就料到我們會來訪。」

「或許只是她懂得比較多。難道花店老闆娘就不能知道這些事嗎？你該不會覺得自己很聰明，就下意識地瞧不起別人吧？」

「哈哈哈。」小勝負突然笑出聲來。「瞧不起人的是妳。動不動就說好可憐、好擔心、為什麼要說這麼過分的話。妳是過度保護的老媽子嗎？」

白熊猛力踩下煞車。

正巧駛到十字路口，但平常她可以更平穩地停車。

小勝負的話刺進了她的心坎，讓她感到茫然若失。

母親三奈江總是過度保護，尤其在父親敏郎受傷後，這種過度保護更是變本加厲。對白熊來說，這是難以擺脫的束縛。母親老是說著「好擔心」、「好可憐」這些話，限制她的行動。每當白熊反駁，母親總會哭出來，質問她：「妳為什麼要說這麼過分的話？」

上了大學，她終於被允許擁有自己的手機和電腦，但門禁十點，依然不准外宿。直到出了社會，母親也說不放心她一個人住外面，迫使她住在家裡。因此白熊常想，只要結了婚就能夠搬出家裡。這是她唯一的願望。

儘管厭惡母親的束縛，卻又無法割捨母親。白熊堅定地發誓，等到哪天成為母親，絕對不要變得和母親一樣。然而自己卻在不知不覺中，將母親的口頭禪掛在嘴上，這讓她感到毛骨悚然。

「綠燈了。」

小勝負的聲音將她拉回現實。

「幹嘛突然一臉殺氣？如果我說得太過火，我道歉。」小勝負訕笑地說。

白熊已經不再感到氣憤，反而陷入一種面對奇妙生物的錯覺。

這個人為什麼總是這樣，若無其事地說出最傷人的話？他似乎完全沒有意識到這一點。他就是會說出洞察力驚人、卻最不該說的話。這是與生俱來的天賦，還是超乎常人的直覺？但他卻遲鈍地毫無所覺，指出會讓人受傷的事實。

「妳覺得我很恐怖？」

小勝負以面具般的臉對著白熊。又被說中了，白熊心中一凜。

就像在恐怖電影中見鬼那樣，她不禁倒抽了一口氣。

「……咦！沒有……」白熊含糊其詞。

「都寫在臉上了。有時候別人會對我露出那種表情，接著就和我保持距離。就算是我，也知道自己大概做了什麼奇怪的事，但最後還是想不出到底哪裡做錯了。」小勝負側了側頭說。

「不過，算了。就像我不懂別人，別人也不懂我。我也不需要別人了解我。」

小勝負大打哈欠，連嘴巴也不遮。

「哈……啊，妳的電話在響。」小勝負指著白熊皮包上顫動的手機。

剛好車子被紅燈攔下。白熊瞄了螢幕一眼，是「未顯示號碼」。

「不用接嗎？」

「不用，是未顯示號碼。最近常打來，但我不打算接。」

白熊在車站前讓小勝負下車，隨後去歸還租車。她不想和小勝負搭同一班電車。

在租車行填寫文件時，手機又響了。白熊依然沒接。如果真的有事，應該會顯示號碼。

3

十月二十一日，星期四。聯合辦公大樓的大會議室內，聚集了超過百名職員。審查局以外的職員和地方事務所的員工都來了。

白熊站在大會議室的入口前，將資料分發給入場的職員。只有一張A4紙。有人專心地閱讀資料，也有人與久違的朋友交談，氣氛相當熱鬧。

下午四點整，本庄審查長和風見隊長走了進來，坐到前方的高臺上。會場瞬間安靜下來，室內的緊張感隨之升高。

風見握住麥克風，開口道：

「感謝各位來參加今天的事前說明會。」

白熊坐在會場後方的角落，掃視著與會者的背影。她的眼角瞥見了借調檢察官綠川，綠川抬頭挺胸地凝視著風見。會場正中央，前上司遠山的身影也引人注目。遠山人緣極好，來自全國的資深審查官圍坐在他身邊，形成一股強大的氣場。

「明天終於要發動稽查了。本案是婚禮業者對供應商的欺壓案。具體來說，包括要求購買與交易無關的物品或服務、要求提供金錢或物品、提出難以維持利潤的交易條件，以及過度要求修改重做，全是濫用權勢地位，並且可能觸法的行為。」

公平會原本打算調查S市三家飯店的婚禮聯合行為，卻因雲海制敵機先而功虧一簣，導致調查在公平會內被暫時擱置。

然而不知幸或不幸，由於檢方插手干涉，對三家飯店中雲海經營的天澤集團展開欺壓供應商的調查。

比起欺壓供應商，聯合行為的罪責更嚴重。欺壓供應商的情事很少被處以刑事罰，但參與聯合行為甚至可能被判處徒刑。風見心中或許也希望查緝三家公司的聯合行為，但公平會內部目前只完成了天澤集團欺壓供應商案的調查。

即便案件規模縮水——不，正因為縮水，更讓人覺得不能縱放，必須確實查緝。

「各位，我們無論如何都要揭開這樁惡行。」風見平靜地說。語氣雖然平淡，卻能感受到背後非比尋常的緊張。

作為稽查負責人的案件隊長風見，這次因檢方迫不及待地想要得到調查結果，更不允許失敗。他肩上肯定承受著巨大的壓力。

稽查形同對業者宣戰。

這形同宣告了公平會將業者視為查緝對象，並積極進行調查。業者自然也會採取行動，以規避查緝。

以防湮滅證據，將在同一天對業者所有事業單位同時發動稽查，因此需要人手。除了公平會上下齊心協力，共同行動，也召集其他部門和地方事務所的人力支援。

「我們要請各位前往天澤集團旗下的各家飯店和事業單位進行稽查。負責的地點都在各位手中的資料。車票也訂好了。說明會結束後，請各自出發。」

風見簡短俐落地說明案件概要和注意事項。負責案件的小勝負和白熊對這些內容已經非常熟悉，但其他職員必須在這場說明會中迅速理解案情，因為隔天就要前往稽查。

風見一說明完畢，白熊立刻站起來回收與會者手中的資料。事前說明會的資料若洩漏出去，後果不堪設想。不僅業者會立刻湮滅證據，甚至可能出現第三者利用這份資料向業者勒索。

「那麼，明天就拜託各位了。」

風見宣布說明會結束，會場內又喧鬧起來。眾人將於今晚從東京出發，前往各自負責的崗位。彼此親近、久違不見的職員紛紛討論起出發前要去哪裡填飽肚子。

小勝負和白熊負責敵人的大本營「天澤飯店S」的辦公室。今晚他們就會前往栃木縣，但兩人尚未收拾行李。白熊打算立刻回去大辦公室。

「啊，綠川。」

聽到小勝負的聲音，白熊停住整理資料的手。轉頭一看，果然是小勝負叫住了經過的綠川。

綠川張大雙眼回望小勝負，似乎在期待什麼。白熊猜想，小勝負可能想邀綠川一起吃晚飯。然而工作堆積如山，如果小勝負去吃飯，白熊就得善後。一想到就渾身無力。

但小勝負一開口卻出乎意料。

「能不能讓我們見見石田正樹？他被收押禁見，無法會面。」

綠川驚訝地睜圓了眼睛。

小勝負佯作若無其事，接著說：

「我想見石田本人。妳能不能想想辦法？」

「就算叫我想辦法……」綠川看了看小勝負，又瞥了一眼後方的白熊。

「可以和宇都宮地檢交涉一下，請他們通融嗎？就算是我們以外的其他職員也可以，最好能讓公平會直接向石田本人問話。要解決這個案子，這是最好的辦法。」

「這怎麼行？沒辦法的。不能只給公平會特別待遇。」

綠川噘起了嘴脣。她仰頭面對小勝負，又暗地瞄了白熊一眼。或許是心理作用，白熊感覺綠川的視線帶刺。

「專心在稽查上吧。」綠川留下這句話，隨即走出會場。

兩人留下來收拾會場，白熊說：

「就算拜託綠川，也不可能有什麼結果。」

「倒也不一定。或許她在檢察方裡能幫得上忙。」

「綠川根本沒理由幫忙我們吧？」

「有理由。她喜歡我。」小勝負搬起三張椅子，若無其事地說著。他看也不看白熊，將椅子擺到牆邊。

「咦？怎麼可能，哈哈哈！」白熊嗤之以鼻。

小勝負不可能受到女性歡迎，她心想。儘管他外表頎長帥氣，但一想到他的毒舌以及毫無同理心，實在難以想像會受到女性喜愛。

「不，就像妳之前說的，我只要不說話，很多女生都會喜歡我。不過交往之後，女生就會不知不覺間離開了。」小勝負淡淡地說。

白熊似乎能理解。

小勝負的文書能力非常出色，不論是平時的工作或日常生活都得心應手。雖然性格古怪，但不會做出過於違背常理的言行。只不過，他偶爾會冒出令人驚訝的話語，讓人覺得奇特，或說恐怖，總之就是讓人無法理解而選擇離開。

坦白說，小勝負這種個性在交往前就能發現。雖然愛情是盲目的，但另一方是否盲目過頭了？表面上，小勝負稱得上帥氣，又是能力極強的菁英，的確可能受到欣賞這些特質的女性喜愛。

「尤其在就讀東大時，我可是萬人迷喔。在那裡，就算是怪人，只要成績好就會被追捧。」小勝負繼續摺疊著桌子。

「真的嗎？」白熊懷疑地問。

長得帥，年收高，若是這類現實的理由，倒是可以理解。但即便成績再好，白熊覺得作為戀愛對象，這也完全不是加分項目。

「妳還不是，看到空手道很強的人，就會覺得特別帥吧？」小勝負反問

回想起來確實如此。空手道比賽戰績超群的人，在空手道社相當受歡迎。明明那個人在空手道社以外的社群並不怎麼吃香，這總令她感到不解。

「在會論資排名的競爭場域，就會發生這種奇妙的現象。唔，這不重要，快點收拾吧。」

小勝負推動桌子，靠向牆邊。白熊也默默地工作，但小勝負剛才那番話在腦中縈迴不去。

白熊的男友徹也也是空手道很強的人。相反地，即使欣賞一個人，但當對方同樣練空手道，卻比自己弱，好感就會瞬間冷卻。明明空手道的強弱和戀愛一點關係都沒有。但話又說回來，她並不是因為徹也空手道很強才喜歡上他。

這麼說來，最近徹也都沒有聯絡。白熊為了稽查前的祕密調查忙得不可開交，而徹也似乎也為了同事辭職，正忙著交接業務。

有時候打電話給他也沒接，但兩人本來就不是勤於聯絡的關係。白熊覺得過度在意也不好，又將疑心吞了回去。

隔天早上九點，白熊進入咖啡廳，店內空無一人。白熊坐下來，點了杯咖啡。栃木縣的早晨寒冷無比，只穿黑色褲裝太冷了，於是多帶了件樸素的黑色大衣。她假裝若無其事地滑著手機，這時小勝負走了進來。

小勝負看也不看白熊，在遠處的位置坐下。接著桃園來了，坐在另一個位置。同樣地，風見也來了，坐在單人座上。

九點半一到，風見起身，不著痕跡地環顧四周。這是信號。白熊也收拾東西站起來。

「早安。」兩人在店外會合，白熊向風見打招呼。

「早。拜託大家嘍。」

風見吐出的氣息在冷空氣中變得白茫茫的，拂在臉上的冷空氣刺痛著肌膚。

四人都穿著黑色褲裝，男性還規定要打領帶。這身打扮的人站在要稽查的事業單位前，格外引人注目，可能會被從業人員察覺稽查的目的。眾人分別下榻在不同的飯店，並在距離稽查目標很遠的地點集合，再前往現場。

上午十點，「天澤飯店S」的入口擠滿了許多辦理退房的旅客，顯得相當混亂。五個窗口前，各別排了兩、三組客人。

最角落的窗口，剛好一組客人結束退房，這時白熊一行人快步靠近，形同插隊般的態勢，讓後方排隊的旅客難掩困惑。

「不好意思，請按照順序排隊……」男櫃檯人員還未說完，風見便亮出了審查官證，打斷了他。

那是黑色皮革的手帳型證件，左右打開，左側登載著審查官的權限，右側插入身分證。

「我們是公平交易委員會。根據《獨占禁止法》第四十七條第一項第四款，現在開始實施稽查。請負責人過來。飯店業務可以繼續，但辦公室的行政人員請暫停業務。若有湮滅證據之情事，將依據《獨占禁止法》第九十四條予以開罰。」風見的聲音響亮清晰。

「怎麼回事？是警察……？」排在後面的旅客低聲詢問。聽到這句話，周圍的客人議論紛紛，喧嘩起來。

「後面的客人，這邊為您處理。」

從後場出來的女櫃檯人員引導風見一行人後方的客人。風見面前的男櫃檯人員則張大眼睛，表情僵硬。

「請飯店管理業者，也就是飯店經理或行政負責人出來。」

「……好的。這樣會嚇到客人，請到裡面來。」

櫃檯人員以眼神指示後場。

來到櫃檯後方的休息室，姓長澤的飯店經理出面應對。

風見提出通告書，說明上面記載的涉嫌違規事實概略及適用條文。

長澤和藹的圓臉上布滿汗珠，恭敬地聆聽風見的說明。

「我無法作主。今天專務也在，請和專務談吧。」長澤快步前往電梯廳，經過一般住客電梯，打開旁邊的門，裡面有業務用通行門及業務電梯。

白熊等四人在長澤的引導下，乘上業務電梯，前往飯店頂樓十樓。

「專務室在十樓？」白熊好奇地問。

「不，十樓只有一間套房。沒有預約時，專務會自掏腰包住在那裡。」長澤略顯尷尬地說。

高級套房的住房率不高。即便只是偶爾，專務自掏腰包入住，對於背著龐大業績壓力的現場而言，肯定多少也能喘口氣吧。然而，仰賴自己人做的業績形同灌水，並不是可以大剌剌拿出來說的事，長澤這才流露出尷尬的神情。

電梯在十樓停下，一行人走出電梯，踩著鮮紅色的地毯，來到套房門前。長澤敲了兩、三下門，揚聲說：

「專務，人帶來了。」

他轉向白熊等人，壓低聲音：

「已經通知專務，接下來請自便。我先失陪了。」然後行了個禮，匆匆離開。

桃園望著長澤的背影，側頭說：

「他為何害怕成那樣？說是稽查，也只是行政方面的事，飯店經理又不會被究責。」

「不曉得。事發突然，這才嚇壞了吧？他口中的專務，是那位天澤雲海？如果能直接找他談，事情就簡單了。」風見回應道。

白熊想起前些日子祕密調查時遇到的天澤雲海。

身材中等，遠遠看上去就是個普通人。然而靠近之後，卻會被那張奇特的相貌所吸引。明顯的鷹鉤鼻，眼角微微下垂，還有張闊嘴。乍看之下文質彬彬，似乎頗為和善，但看得出有些神經質，行事武斷。儘管特徵鮮明，仍難以從那張臉掌握其作風。

風見再次敲門，說了聲「不好意思」。室內卻無聲無息。風見伸手轉動門把，門輕易地開了。風見進去後，白熊等人也跟著進入房間。

穿過走廊，眼前是擺放著沙發和咖啡桌的寬敞空間。右邊的門敞開著，看進去是一間書房。

雲海就坐在書房深處的書桌前，後方是玻璃帷幕，北關東的群山在眼前開展，宛如一幅綠色的雄偉壁畫。

雲海板著臉，拄著一側手肘，正在喝珍珠奶茶。他的視線動了動，一雙炯亮的眼神瞪了過來。

那眼神的魄力，讓白熊感到一陣寒意。

與之前在戶外見到時，那種紳士商人的印象截然不同。

風見繃緊了臉，走近雲海，似乎不像白熊這麼驚慌。風見沒有見過雲海，因此並未察覺到這樣的落差。

「我們是公平交易委員會的職員，前來進行稽查。這是通告書。」

風見再次出示審查官證和通告書。

他正要繼續說明，雲海卻突然暴喝一聲：「吵死了！政府機關來幹嘛?!」聲音大到幾乎要震破鼓膜。

雲海使勁捏住珍奶的塑膠杯，空氣被擠出來，杯蓋彈飛。他將杯子朝風見扔過去，濺出來的液體在空中畫出弧線。

風見反射性地避開。杯子掉在腳邊，珍奶灑了一地，鬆軟的地毯上漫出一片汙漬，珍珠在毯子上滾動。

「稽查？我拒絕！立刻給我滾出這間飯店！」雲海怒斥道。

面對雲海的怒吼，風見面色鐵青。白熊注意到他的手指微微顫抖。但風見將顫抖的手捏成拳頭，上前一步，探頭看著雲海的臉，以堅定的口吻說：

「若是拒絕稽查，我們將依據《獨占禁止法》第九十四條開罰，這樣也無所謂嗎？」

「開罰？哈哈哈！」雲海扭曲著臉孔，狂妄地笑了。

「我知道，一年以下徒刑或三百萬圓以下的罰金，對吧？請便，要罰盡管罰。你還要關我嗎？」

風見沒說話。

「辦不到，對吧？這些罰則從來沒有被執行過。稽查被拒絕，那可是公平會承辦人的責任。忙得要死的檢察官大人，才不會出來幫忙擦屁股呢。要是能逮捕我，那就試試看！」

雲海嗤笑著。

白熊握緊拳頭。

面對惡人，卻無能為力。

她氣到發抖。

雲海指出的事實完全正確，她無法反駁。

執行稽查有法律根據，但遇上拒絕稽查，卻只能透過開罰這種間接的強制力。開罰也無所謂，就是拒絕稽查，這樣的主張的確行得通。既然對方如此主張，就無法強制進入事業單位進行稽查。

公平會的職員和只持有令狀就能強制搜索並扣押證物的警察不同，沒有多大的權力，每一次都必須哈腰鞠躬，懇求業者理解，配合調查。

「哈哈哈，你在瞎扯什麼？」小勝負冷不防大笑。

白熊回頭看小勝負，風見和桃園也困惑地看著他。在這種談判的場合，一般來說，年輕職員不會隨意在長官面前發言。

「罰則就說明了一切。正義確實掌握在我們手中，就看我們是否要貫徹罷了。你現在就等著任人宰割吧。」小勝負瀟灑地說。

雲海斜睨著小勝負，冷冷地笑了。

「口氣很大嘛。敢就試試看！」

小勝負沒有接話。

「我明白了。」是風見的聲音。「既然是這樣的態度，我們也有應付的法子。剛才的對話錄音了吧？」

風見看向小勝負。

小勝負深深點頭。

「拒絕稽查這一點，往後一定會對你造成不利的影響。你做好心理準備吧。」風見說完，轉身大步走向書房出口，腳下踩過幾顆珍珠。

「喂，不要踩珍珠！」雲海怒喝。

風見停步回頭。

「我才買下一家珍奶店，正在讓生意重上軌道。你踩的就是那些珍珠。我不允許你糟蹋這些珍珠！」

明明是雲海自己亂丟珍奶，卻不准別人踩珍珠。

風見挪開腳，反問：

「為什麼要買下珍奶店？」

「當地需要珍奶店。你們公務員一輩子都不會懂的。」雲海不屑地回應。

風見什麼也沒說，離開了套房。

白熊等人小跑步跟上去，在風見要搭電梯時追上了他。

白熊鬆了一口氣。但雲海拒絕稽查，讓她相當震驚，套房內劍拔弩張的氣氛幾乎讓她呼吸不過來。進入電梯後，她才大大喘了口氣。

然而，門一關上，風見就抱住頭當場蹲下。

「啊啊啊，完蛋了，怎麼辦？這樣就不能稽查了啊！怎麼會有這種事？我幹了審查官快二十年，還是頭一次被這麼強硬地拒絕稽查。居然在我當隊長的時候遇到……」他低聲地宣洩著一長串的牢騷。「怎麼辦？要是空手而歸，要拿什麼臉面對其他團隊？況且這次還是檢方欽點的案子，要是稽查失敗，我會被電到爆的。」

白熊探頭看風見。

「風見隊長，你剛才不是說我們也有法子治他嗎？」

「才沒有那種東西！」風見仰天大喊。

「咦？沒有嗎？可是你剛才……」

「我不甘心被壓著打，這才努力吠個幾聲。拿這傢伙一點辦法也沒有。」

風見站了起來，又恢復若無其事的表情。

沒有人按鈕。風見按下一樓大廳的按鈕。

「剛才說對話已經錄音了，這是……？」

「我只是順著隊長的話說。」小勝負聳聳肩。

「說起來，都是小勝負突然嗆人，才會搞成這樣吧！」白熊傻眼地說。

「誰教他擺出一副藐視法律和正義的態度，實在教人氣不過。」小勝負雙手插在口袋裡，像個鬧脾氣的小孩般嘛嘴。

「但我也不想就這樣放過雲海。不能和檢方協調，對他開罰嗎？」小勝負看著風見。

風見搖搖頭。

「不可能。沒有前例可循。與其花時間設法史無前例地開罰，還不如靠其他團隊找到的證據來解決這案子。我們是團隊，空手而歸也無妨，只要其他人有成果就行了。這才是案件整體的考量。」

「怎麼這樣……」白熊掙扎著開口，內心的怒意滾滾而上。

雲海堂而皇之地拒絕稽查，還撂話要是罰得了他就試試看，這簡直是向公平交易委員會宣戰。

「法律──或者說公平交易委員會被踩在地上磨擦，難道你們不會不甘心嗎？」

桃園似乎已經死心，含糊地笑了。

「是不甘心，但還是要面對現實。不要意氣用事，要講求實際。只要最後能糾舉惡行就夠了。」

「可是……」白熊不肯罷休，這時電梯門開了。

一行人正要走出去，卻發現飯店經理長澤就在面前。他腋下抱著筆電，手抓著業務用通行門的門把。

對望的瞬間，白熊察覺到長澤的驚慌，彷彿能聽見他內心直呼「不妙」。

長澤迅速打開通行門，逃了出去。

白熊不假思索，身體自行動了起來。

「站住！」她朝著長澤的背後怒吼。

長澤抓著筆電狂奔，完全不打算回頭。

白熊全速追趕。

稽查過程有時會碰上員工帶著證據逃走的場面，白熊也曾追逐過幾次這樣的員工。她從菜鳥時就因為身強力壯，自然而然扛起了這個角色。

雲海拒絕了稽查，但長澤應該還不知道這件事。他此刻正想處理掉那些不能被查緝的證據。

長澤拚命跑過員工停車場。

但白熊的速度更快。兩人的距離逐漸縮小。來到只差一步，伸手就能搆到的距離時，長澤跳進了車子裡。

白熊立刻伸手要打開副駕駛座的門，卻被長澤搶先鎖上門。

「開門！」白熊敲著車窗。但長澤毫不理會，轉動鑰匙，發動車子就往前駛去。

白熊四下張望，目光停在停車場角落一部布滿鐵鏽的淑女車。沒有上鎖。她快速跳上淑女車，追趕長澤的車。

鄉間道路狹小，汽車無法全速行駛，但長澤的車仍以超過時速五、六十公里的速度前進。

白熊死命踩踏板，生鏽的鍊條傳出尖銳的磨擦聲。就算是她，也開始上氣不接下氣。氣溫嚴寒，但她感到腋下積滿了汗水。

距離逐漸拉開，感覺要追丟了。沒辦法追下去了嗎？正當白熊焦急地想著，身後傳來一陣巨大的引擎聲，一輛哈雷機車從身旁竄過。被哈雷捲起的疾風一掃，白熊的淑女車失去平衡，她伸出一腳撐地，調整好姿勢。

哈雷機車轉眼間就追上了長澤的車，並抄到車子前頭。長澤立時緊急煞車。

白熊連忙踩著踏板，靠近長澤的車。只差一點就追到時，長澤卻突然跳下車，腋下依然夾著那臺筆電。

緊鄰馬路就是溪流。長澤瞥了溪流一眼，硬著頭皮將筆電拋了出去。

白熊在馬路邊望著溪流。斜坡陡峭，但只要小心移動，還是下得去。

眨眼之間，長澤又跳回車裡，揚長而去。

她深吸一口氣，翻越護欄，蹲低身體，以一手維持平衡，慢慢爬下斜坡。筆電就卡在溪流的岩石邊，她壓抑著急切的心情，走下河岸，踩進冰冷的溪水中。

水的凍寒讓她幾乎要尖叫。眼下氣溫低於十度，早晚會降霜，水面有時還會結冰。

褲管全溼了，相當難受，腳尖凍得刺痛，但她不能停下腳步。一步又一步接近筆電，水位愈來愈深，腰部以下都浸泡在水中，全身冷到骨子裡，與其說是寒冷，感覺更像是痛楚。

終於，她離筆電只差幾公尺了。白熊試圖伸出手，腳底卻突然下陷，身體失去平衡。

她忍不住驚呼出聲。

整張臉浸在水裡。她想抬頭，卻被水嗆得咳嗽，胸口一陣難受。她努力抬高下巴，總算讓臉露出水面。她踮著腳尖，依舊一步、兩步慢慢前進。衣服吸飽了水，身體變得愈來愈沉重。

她使盡全力伸出手，凍僵的指頭牢牢地抓住筆電。放下心來的瞬間，腳下一陣撞擊，像是踢到腳邊的岩石。白熊往前栽倒，再次撲向水面，但她沒有放開筆電，反而仍以一手牢牢扣緊。

喝了好幾口水，痛苦得意識瞬間模糊。即使想要移動雙腿，但愈是掙扎，愈是迷失方向感。

她感到自己漸漸無法呼吸，鼻腔深處刺痛。就在即將虛脫的瞬間，身體浮了上來，似乎什麼環繞起她的肚子，將她撈離水面。

白熊劇烈嗆咳，拚命吸入空氣。反覆著大口呼吸，幾秒後，她終於睜開眼睛。抬頭一看，旁邊站著全身溼透的小勝負。他的雙手正環抱著白熊的腰，將她抬出水中。

「好重。」他低聲抱怨。

小勝負改變姿勢，以公主抱的姿勢橫越溪流，將白熊抱到河邊。

白熊躺在河岸上，怔怔地看著小勝負。小勝負氣喘吁吁，似乎在調整呼吸。

「白熊，妳是白痴嗎？」他的聲音透著怒意。

「不管再怎麼想要證據，居然在這種季節跳進河裡，妳太魯莽了。弄不好可能會心臟麻痺的。真是太亂來了。」

白熊雙手抱著筆電，靜靜地看著小勝負。

小勝負就像在責罵小孩一般，手撐著腰，俯視白熊。他緊皺眉頭，眼中流露出氣憤又激動的神色。

白熊心想，這似乎是她頭一次看到小勝負表露感情。

比起驚訝，她更感到新鮮。

小勝負也有感情。這本是理所當然的事，卻讓她感到意外。原來他也會擔心別人、為某些事煩惱，甚至可能會愛上誰吧？雖然有點難以想像，但她相信一定會的。

白熊不禁想要更了解他。

儘管本人肯定會不屑地說不想被理解，但是在他的心底，是否其實希望有人能理解，才會逞強地說出不想被理解的話呢？

眼前的小勝負像隻落湯雞。看到他那副模樣，白熊也突然感到一陣寒意。全身又溼又重，陣陣惡寒襲來，她認不住打了個噴嚏。

「會感冒的，回去吧。」小勝負指著他騎來的哈雷。

「那臺哈雷是……？」

「我騎來出差的。」

「出差不是不能用自己的車嗎？」

「我唯一的嗜好就是騎機車，不要奪走我的樂趣。」小勝負正經八百地說，白熊忍不住笑了。

她站起來，爬上斜坡的過程比下去花了更久的時間。溼透的衣服幾乎重得難以承受，手腳的指尖也凍僵了。白熊跨坐到哈雷的後座，環抱住小勝負的腰時，感受到他冰冷得令人刺痛的衣服。

在哈雷的震動中，白熊說：

「小勝負，謝謝你救了我。」

「嗄？聽不到！」

「我說謝謝。」

「聽不到！」

「謝謝啦！你根本聽得到吧！」白熊提高聲音。從環抱腰間的手，感覺到小勝負的體溫。

雖然全身溼透，但他的體溫異樣地溫暖。

「原來你的血也是熱的。」白熊喃喃道。小勝負又喊著：

「嗄？妳說什麼？聽不到啦！」

4

不出所料，白熊並沒有感冒。

看到隔週若無其事來上班的白熊，小勝負說：

「俗話說傻瓜不會感冒，看來是真的。」

「你自己還不是好好的？」白熊反駁。

「我有點感冒，是抱病來上班。」小勝負做出打寒顫的動作，目光卻落在手上的文件。

白熊從皮包裡取出黑色的小筆電，放到桌上。

「就是那臺筆電？」

桃園從旁邊探頭過來。白熊點點頭。

「我還沒有開機。我擔心隨便開機會損壞裡面的檔案。」

環顧大辦公室，白熊在門口處瞥見熟悉的臉孔。是資料復原專家，DFT的紺野守里。

「守里，妳來一下。」白熊招手，守里掛著詭異的笑容走過來。

「我聽說嘍，小楓。整棟大樓都在傳，妳跳進河裡救回證據？真是大功一件呢。」

「也不算大功啦，因為我們根本沒能執行稽查，在起跑點就輸了。」

「沒關係啦，小楓，幹得好。接下來就交給我們DFT吧。不惜丟進河裡也想要湮滅的資料，到底會是什麼呢？」

守里又露出詭異的微笑，接過筆電後離開了。

桃園望著她的背影，忍不住開口：

「可是，那筆電能算是證據嗎？我們沒有執行稽查，也沒有經過提交證據命令和扣押程序吧？」

聽到桃園這話，白熊臉色煞白。她完全沒想過這一點，但確實如桃園所說。一般來說，蒐集證物需要遵循各種程序。若要執行每一項程序，過程相當繁瑣，但作為主管機關，這也是沒辦法的事。然而，以違法程序得到的證據不會被採用，而且最終也可能在法庭上被質疑證據能力。

「這次應該無所謂吧？」小勝負嘟噥著。

「那是業者丟掉的東西，白熊只是將掉進河裡的東西撿起來。那是無主之物，沒有物主，所有權應該歸拾得人。」

「哈哈哈，好吧。」桃園調皮地笑了，形狀姣好的脣間露出白齒。

「要是對方有意見，小勝負應該會努力幫忙翻出過去的判例吧。」

經過上星期的稽查，證據陸續到手，也請來相關人士展開聽取。只有在稽查期間，才能向其他部門借用人手。承辦人員必須自行分析蒐集到的證據，尋找線索。而分析的成果，也會影響聽取的成功率。

「雲海依然什麼都不肯透露？」白熊問。

「好像是。風見隊長正專注在對付他。」桃園回答。

風見隊長這星期也留在S市，負責詢問雲海。這項工作通常由資淺的職員負責，但想必是風見判斷新手應付不了雲海，這才親自出馬。在風見死纏爛打下，雲海終於答應見他。但即使見了面，仍遲遲不肯開口。他似乎已經打定主意不理會任何質問。

「只能先澈底分析證物資料，鞏固客觀證據，緊迫盯人了。」

白熊嘆了口氣，轉動脖子。

分析證物是一項須耗時數週的苦差事，對於不擅長文書作業的她來說，實在相當痛苦。但畢竟是非面對不可的工作，甚至可說是調查中最重要的環節。白熊做好了加班的心理準備，感覺肩膀突然僵硬起來。

這時，耳邊傳來細微的聲音：

「喂。」

白熊抬頭，綠川正走向小勝負旁邊。

小勝負盯著綠川的眼睛，綠川則移開了目光。

「你上次提到石田正樹，接見還是沒辦法。法院裁定禁見，不能有例外。可是……」

「可是？」

「對方介紹石田的律師給我。是這個人。」綠川遞出一張便條紙。

仔細一看，上面印著「律師　磐田正弘」幾個字，以及一行栃木縣的地址。

小勝負站起來，說了聲「謝啦」，接過便條紙。綠川若有所思地仰望著小勝負，隨口應了聲「不會」。

她瞄了白熊一眼，小聲說：

「小勝負，你真的好倒楣，被跳進河裡的白熊拖下水，沒事吧？沒感冒吧？」

話中帶刺，白熊忍不住低下頭。確實，她在河裡失足，還差點溺水，心裡也覺得自己給小勝負添了麻煩。

「白熊很重，是滿辛苦的，還好沒有感冒。我沒事。」

「但這件事變得像白熊一個人的功勞，我實在……」

「這不是任何人的功勞，我們是團隊。我會救白熊，也是因為這是我的分內工作。」

小勝負公事公辦地說完，便坐回去，拿起先前在看的文件。

因為是分內工作？這確實是小勝負會說的話。究竟是為了工作，還是出於良心？白熊無法判斷。但她相信小勝負絕對不僅僅是工作。或許，這只是她一廂情願。

不過，她依然記得那天小勝負流露的情感，以及那天所感受到的背部溫度，這些都確實存在。

緣川噘起嘴，冷冷地瞥了白熊一眼，轉身大步離開。

「喂，白熊，那女的好討厭喔，有夠黏踢踢。」桃園小聲對白熊說道。

聽到桃園比任何人都要黏踢踢的聲音，白熊忍不住笑了。

III 請既往不咎

1

天澤雲海一回到「天澤飯店S」，便直奔化妝間，急切地連皮包都來不及放回辦公室。站在洗臉臺前，他仔細地洗手，擠出一堆洗手乳，甚至連指甲縫都搓得乾乾淨淨。他本來就有潔癖，明明剪得過短的指甲沒有指縫可洗，卻仍像著了魔似的以指尖磨擦另一手的掌心。

每當心情煩躁，他的潔癖就會愈發嚴重。究竟是煩躁導致潔癖，還是潔癖導致煩躁，連他自己都說不清。不過，他確實感受到那股在心中悶燒的煩躁，理由也很明確，全是那個弱小機關——公平會害的。

雲海幾乎天天被請去接受訊問。坦白說，他打死也不開口，問話也是白費工夫。哪知道對方卻不肯放棄，就像一隻軟弱的小動物不死心地在腳邊繞，礙事又惹人心煩。

他寧願和強大的政府機關打交道。

經營飯店業，為了申請經營許可，有時需要與厚生勞動省和衛生所打交道；在觀光方面，也得和國土交通省接觸，或配合警方提供住宿者名單。這些政府單位都有專責管轄的行業，也有權力。做為生意人，可以平等地「談生意」。

但公平會與所有的機關行業並不特別要好，開口閉口就是喊口號似的講競爭、談公平。他們完全不理解雁過拔毛的商業世界。

「那群連稅金都不知道怎麼花的蠢貨。」雲海低聲嘀咕，從口袋裡取出漿得硬挺的手帕。每個週末，他都會自己熨手帕，連九歲的兒子海人的手帕也一併熨平。這是五年前妻子離世後，他一直維持的習慣。

海人總有一天要繼承天澤集團，絕不能讓他身上帶著皺巴巴的手帕。天澤集團也是，要完整無缺地交到海人手上。他發誓絕對不讓自幼失怙的海人遭遇到任何不如意的狀況。

化妝室外傳來動靜。

霧面玻璃上浮現人影，是飯店經理長澤。長澤一直在等雲海回來。

「喂，你說多少次都沒用。」雲海邊擦手邊說。

人影顫了一下。長澤雖然耿直，卻是個蠢人。

一打開門，就看到額頭布滿豆大汗珠的長澤。雲海一語不發，快步走過。長澤在稍遠處跟上來。

「可是，我已經在這裡做了三十年，從來沒有犯錯……」

「已經決定了，你的辭呈也受理了。當成自願離職已是法外開恩。」

「筆電裡的資料真的見不得光嗎？」

雲海倏地停步，回過頭。看到他的表情，長澤臉色煞白。

「沒什麼見不得光的。我的信念是什麼？你說說看。」

長澤微微顫抖，喃喃說：

「正直清廉……」

「聽不見！」雲海的怒喝讓長澤肩膀一顫。

「正直、清廉地……花錢。」

長澤抬起眼睛望向雲海，那察顏觀色的眼神教人火大。

「沒錯。我沒有做任何壞事。你不要胡亂揣測，把事情搞得更複雜。」

自己的信念就要澈底貫徹。只要能賺錢，不擇手段也無所謂。但錢怎麼花，他有一套哲學，也告知了員工，然而這傢伙卻懷疑他，這讓他無法原諒。

「看看那群公務員，看看那些平民，沒一個明白錢該怎麼花。」

雲海丟下長澤，朝辦公室走去。

「我來替他們花！」他低吼著。

沒有任何人能信任。雲海不認為自己是萬能的，但與其讓錢落在那些凡人手裡，交給自己來花，才能讓世界變得更好。唯獨這一點，他有絕對的自信。

雲海粗魯地推開辦公室的門。下午三點多，飯店正忙著處理旅客的入住手續。辦公室裡沒有人。他在其中一張桌子坐下，從口袋裡掏出手機，逐一回覆瑣碎的信件。這時，走廊傳來跑步聲，接著戛然止步，門慢慢打開。

「抱歉，我來遲了。」

是婚禮部門長碓井。

碓井似乎惶恐到了極點，再三彎著清瘦的身體行禮。每次彎腰，廉價的眼鏡便滑下臉龐。若不加以制止，他想必會滔滔不絕地為自己的遲到辯解。雲海懶得應付，直接切入正題：

「攻擊安藤的歹徒抓到了？」

「沒有。我們查過『溫泉鄉S』附近，但沒有可疑人物……」碓井搔著頭說。

「『溫泉鄉S』的老闆政岡呢？」雲海問道。

政岡七十多歲了。考慮到安藤六十多歲，政岡本人下手的機率應該不高。但也可能是政岡派出底下的人行動。

「政岡那裡也沒有可疑的行動。」

「沒時間了！」雲海拉高嗓門。

豈止沒時間，或許已經太遲了。他焦慮萬分，但沒有表現出來，粗聲粗氣地接著說：

「聽著，要搶在警察之前抓到人！」

雲海很想親自出面調查，但明後天都得去公平會報到。

「那夥人真是煩死了。啊，對了，那就這麼辦。」雲海喃喃道，想起兒子海人就讀的小學兔舍裡的兔子。

某天教學參觀結束後，海人帶他去參觀。海人一踏進兔舍，兔子們便同時跳了過來。但只要朝稍遠處拋出飼料，兔子們就會分心，變成一盤散沙。

雲海對著立正不動、等待指示的碓井說：

「跟媒體約時間。我受夠了陪那種弱小機關瞎攪和。」

碓井應了聲「是，我立刻處理」，隨即翻開記事本寫下。

這時，雲海注意到碓井後方，放在辦公室角落的褐色紙袋。他還沒開口，碓井便察覺到雲海的視線，向他解釋：

「是那家珍奶店送來的。好像是新推出的飲品。」

雲海站起來，打開紙袋查看，裡面裝了四杯珍奶。

他取出一杯，放在螢光燈底下端詳著。透明塑膠杯身上的薄荷藍裝飾，與杯內的淡褐色液體相得益彰。

雲海露出滿意的笑容。

他要求收購的珍奶店在包裝上下工夫。下達指示後，等了一個月，樣品終於完成。

插進吸管含了一口，華麗的肉桂香竄過鼻腔，這不是單純的奶茶，似乎是較濃郁的印度奶茶。

「滿不賴的嘛。」雲海率直地咕噥著。碓井見狀點點頭。碓井的表情總帶著幾分哀傷，但雲海佯作沒看見。事業在自己的手中逐漸茁壯，讓他體內湧出強烈的快感。他猛力吸吮吸管，嘴形變得扭曲，但這是雲海的微笑。

2

十一月一日，被叫去面談室時，白熊就已經猜到了原因。

「調到九州辦公室嗎？」白熊反問。本庄審查長點點頭。

本庄審查長坐在辦公桌另一頭，臉上掛著如常的微笑。

「白熊，妳明年就進來第六年了呢。對於一般職員，每隔五年，我們都會盡量讓他們到地方辦公室累積經驗。地方也有許多可以學習的，還能促進中央與地方辦公室的合作。同時，在最前線工作，應該也有助於提升審查能力。」

其實沒什麼大不了的，僅僅是例年的人事安排。

然而實際面對，白熊依然大為震驚。因為她一直在逃避這件事。

她一時間無法回話，面談室被沉默籠罩。牆上的鐘滴答作響。明明是自己的事，卻總覺得事不關己。她想像自己沒接好拋過來的球，球從手上彈開，不知所措的笨拙模樣。明明打從以前就擁有優秀的運動細胞，真正投接球的時候，絕不會發生這種事。

她完全沒有對徹也提調動的事。兩人預定明年秋天舉行婚禮，暫時訂下檔期的三家會館，其中一家已經正式預約了。若是放棄訂金，可以取消，但徹也表示母親非常期待。

想到「母親」，白熊想起三奈江。一旦調動，就可以搬出家裡。光是想像，就湧上一股探頭出水面大口吸氣的暢快感。

白熊一直被囚禁在深邃的湖底。看似和平，時間卻宛如靜止般，讓她悶得無法呼吸。調動工作地點，無疑是脫離這種狀態再名正言順不過的理由。

可是，三奈江會同意嗎？

一個二十九歲的大人要調動工作地點，根本不需要考慮母親的意見。但三奈江並不是以道理說得通的人。

見白熊沉默不語，本庄審查長似乎察覺到她的苦衷，柔聲說道：

「或許妳會因為家庭因素而煩惱，女性尤其如此吧。不過，站在我的角度，我非常鼓勵妳出去闖一闖。年輕時的幾年，在當下會覺得很漫長，但日後回想，其實一點也沒什麼。我希望妳多多累積經驗，開拓職涯。唔，這是我個人的期許啦。」

本庄審查長輕描淡寫的口吻觸動了白熊，但她無法立刻答覆。

「從明年四月開始，預計待上幾年對吧？請讓我考慮一下。」

白熊無法正視本庄審查長的目光。累積經驗，開拓職涯。她並非沒有這樣的進取心，只是無法想像累積職涯的自己，未來會怎麼想，為了什麼而工作？

她一直忠實地完成被交辦的任務，破獲的案件多達數十件。糾舉耍詐獲利的人，就能幫助老實做生意的人。然而，她看不到那些被拯救的人，也不曾受到感謝。她渴望真正的貢獻感，想要體會到自己所做的一切是有意義的。

如果當了警察，情況會不會有所不同？如果能更簡單明瞭地幫助別人，就能相信自己有所貢獻了嗎？現在的自己別說幫助別人了，或許還會造成危害。自殺的豐島浩平在她的腦海縈繞不去，彷彿黏在鞋底的口香糖。苦澀的情緒在胸口擴散開來。

如果是甲賀佐知子，她會怎麼做？但甲賀的背影太遙遠了，她陷入迷惘。

「請好好考慮。但我對妳很期待。」本庄審查長的語氣從頭到尾都很沉穩。

白熊行了禮，走出面談室。走廊另一頭，一張熟悉的臉走了過來。

是天澤雲海。

他由風見帶領，正前往詢問室。

雲海一反前些日子稽查時狂暴的模樣，一襲深色系西裝，臉上掛著裝模作樣的微笑。倘若第一次見到他，可能還會以為是個溫和精明的生意人，或推銷金融商品的傑出銷售員。

天澤集團的供應商欺壓案，調查仍在進行。調查發現，全國各地天澤旗下的飯店，都存在相同的欺壓供應商行為。但只有稽查當天雲海下榻的「天澤飯店S」，調查卻觸了礁。

雖然也可以放棄揭發栃木縣的受害情事，僅處理其他地區的違法行為，但這是全國性規模的案件，公平會希望全面破獲，不留下漏網之魚。要達到這個目的，必須從雲海和長澤等飯店相關人士口中問出有力證詞，或針對「天澤飯店S」的辦公室展開稽查。

目前，兩邊都沒有達成。

要是能像警察那樣強制搜查就輕鬆多了，白熊咬牙思索著。需要取得同意的程序，一旦遭到對方強硬拒絕，公平會便無計可施。

白熊壓抑著緊張的情緒，和雲海擦身而過。她和雲海見過兩次面，雲海應該記得白熊。然而，雲海連看都沒看她一眼。

他維持著下巴微微上揚的姿勢，筆直經過走廊。白熊回頭看著雲海的背影，只見他挺直背脊，腳步從容。

白熊驀然一陣懊恨湧上心頭。

她想起小勝負曾經說過：「我們只能做好自己的工作」、「現在專心在雲海身上」。

不用你說，我也知道。她在內心咒罵。好吧，現在可不是計較自己能否派上用場的時候。她重重踩過地板，返回大辦公室。

隔天，白熊和小勝負來到栃木縣，拜訪綠川介紹的石田的律師。石田所涉及的事件資訊究竟能為事件帶來多少幫助，他們也不清楚，但為了揭發雲海，公平會打算盡一切所能調查。

律師事務所位在站前商店街的一隅。

「磐田正弘法律事務所」。從使用個人名義當招牌來看，應該是個人律師事務所。一樓是停車場。從金屬戶外階梯上去，就是事務所。

磐田年約四十五，醒目的啤酒肚，個子矮小，全身泛著油光，感覺不太整潔，但事務所倒是打理得有條不紊。除了辦公桌、檔案櫃和會客區以外，沒有多餘的雜物。

磐田邊泡煎茶邊說：

「你們想知道石田先生的供述內容，對吧？我原本就打算找時間去見兩位呢。因為等到石田先生的案子開始審理，兩位也要擔任證人吧。」

他將煎茶擺上咖啡桌，抬起目光。

白熊察覺到磐田的眼睛閃過銳利的光芒。

「分享供述內容這件事，我已經取得石田先生本人的同意。但實際上要不要告訴兩位，我會以律師的身分判斷。」

磐田觀察著小勝負與白熊，似乎在等待兩人的反應。

小勝負率先開口：

「磐田律師，我們就算被叫去當證人，也只能據實以告。要是捏造證詞，可是會吃上偽證罪。」

「啊，這是當然。」磐田搔了搔頭。「但告訴你們當事人的供述內容，也可能會扭曲證人的證詞。若是沒有任何好處，我不能冒這種風險。」

白熊也大致看出來了，磐田律師可以和他們分享石田的供述內容，但想要一些回報。若能取得對石田的審判有利的訊息，他便樂於提供供述內容。

她瞥見一旁的小勝負脣角泛起笑意：

「看律師這樣子，檢方現階段的證據開示並不充分吧。就連我們對警方說了什麼，律師都不知道。到時我們會照實說出現場狀況，但可以事先告訴律師我們會說什麼。」

磐田的臉色變了，將身體往前探。

「你們願意說嗎？」

這並不是需要隱瞞的事。小勝負和白熊將告訴警方的內容原原本本地重述了一遍。

磐田一邊聽，一邊不停地做筆記。

「謝謝。光是這些資訊，幫助就很大了。」磐田笑容滿面。

由於採用裁判員制度，檢察官應該比過去更為積極。至少白熊在研習中是這麼聽說的。然而實際上，就像小勝負所說，證據開示仍存在時間差。檢方可以花更多時間鞏固證據，結果對辯方更為不利。即使是檢方遲早會開示的資訊，若能及早得知，當然想盡快知道。

「不過，說到石田先生的狀況，警方的手段真的很骯髒。」磐田嘆了口氣。

「他們雞蛋裡挑骨頭，先以小罪逮人，接著就是反覆執行逮捕和羈押，延長羈押，長期限制石田先生的人身自由。我認為這樣的辦案手法太說不過去。但警方為了不讓重大刑案的嫌犯逃走，似乎也拚上了老命。他們認定了這案子就是生意糾紛，並導致同一地區的飯店老闆連續兩天遇襲。」

「石田先生怎麼說？」

聽到小勝負這麼問，磐田輕輕頷首，然後從檔案櫃裡取出厚厚的二孔夾，打開後以兩人看不到的角度放在膝上。

「對於第一起案件，『S雅緻飯店』老闆安藤的殺人未遂案，石田先生全面否認。他說警方完全搞錯人，那不是他幹的。」

「他有不在場證明嗎？」小勝負疑惑地問。

「可惜沒有。石田先生表示當時在家，他的妻子七瀨女士也這麼說，但親人作證，算不上充分的不在場證明。所幸這個案子的證據並不充足，檢方似乎也強硬不起來，沒有將石田先生列為正式嫌疑人。應該是打算繼續調查，以其他罪名起訴。」

「第二起案件他承認了吧？」換白熊開口。

磐田點點頭。

「石田先生承認帶著菜刀靠近雲海，但宣稱只是想要談談，並未打算真的動手傷害對方。」

這與綠川轉述的內容一致。

「他想要談什麼？」

「與天澤集團的交易中，石田花店似乎受到過度的要求。石田先生表示想和對方談判，修改交易條件。」

兩人詢問何謂過度的要求，律師解釋是強制購買晚餐秀的票券，或三番兩次要求修改重做。這也和從七瀨口中聽到的相符。

「知道為什麼雲海那個時間會出現在那裡嗎？我們跟蹤雲海，才知道他的行動，但石田先生居然也知道雲海會去那裡，實在不尋常。」白熊不自覺皺起眉頭。

「果然還是會好奇這一點嗎？我身為律師，也百思不得其解。石田先生表示曾打電話給雲海，卻遭雲海挑釁。當時接近中午，雲海的手機也留下了石田先生的來電紀錄。石田先生說想討論交易條件，雲海卻說『我在餐飲街有約，沒空理你這種人。如果你真心想談，就拿菜刀還是刀子殺過來吧』。石田先生聽了怒不可遏，便抓起菜刀衝出門。他在雲海電話中提到的餐飲街四處閒晃，最終找到了雲海。」

白熊回想起尾隨雲海那一天的事。

當時雲海下了車，走到驗票閘門前，正好接起電話，並停下來通話。講了一會兒後，他便轉身朝餐飲店走去。時間差不多是正午。

「律師認為是雲海煽動石田先生嗎？」白熊問道。雖然不明白理由，但如果石田的陳述是真的，看起來反倒像是雲海將石田引去餐飲街。

磐田歪起頭說：

「我本來也這麼想，但應該不是。因為雲海沒有這麼做的動機。我覺得應該是兩人你一言我一語，最後雲海挑釁了對方。」

白熊回想起稽查當天雲海那張凶惡的臉。確實，或許雲海是那種容易暴怒的類型。但她腦中浮現另一個可能性：

「說不定他發現被人跟蹤，為了讓人目擊石田動手，才引他過來？」

「這樣做有什麼好處？」小勝負問。

「我也不曉得……」

好不容易想到的推論卻被立刻推翻，白熊略感沮喪。

「可是，也因為那起事件，導致我們的身分曝光。明知有人在跟蹤，但不曉得是什麼來頭，只要讓他們成為案件目擊者，就能透過當地警方得知跟蹤者的身分。如果是雲海，很可能當下就計畫出這些。」

「有道理。」磐田饒富興味地睜圓了眼睛。「或許有這個可能。雲海是本地有頭有臉的人物，和縣警的關係也很密切，他肯定認為只要警方出面，就能弄到跟蹤者的資料。」

「我們完全中了他的圈套。不過，石田先生不見得會這麼老實地中了他的挑釁。雲海會想出不確定性這麼高的計畫嗎？」

「關於這件事，有一點我滿在意的。希望兩位不要外傳，但我懷疑石田先生可能遭到雲海脅迫。啊，石田先生本人否定這一點，所以這完全是我身為律師的推測。」

磐田喝了口手邊的煎茶，緩緩吐出一口氣說：

「石田先生曾不小心脫口而出，說『雲海叫我過去，我無法拒絕。因為不久前才發生過那種事』，我當下立刻追問『什麼事』，但石田先生露出了說溜嘴的表情，不肯再談下去，還說他沒有受到脅迫。或許藏著連對律師都不能說的苦衷。」

三人提出各種推論，討論了幾十分鐘，卻沒有結論。

內心湧上一股消化不良似的不適感，但兩人仍向磐田道謝，離開了事務所。

他們拜託律師若有任何發現，務必通知他們，但不知能寄予多少期待。雙方關注的方向不同，僅是在利害相同的部分彼此合作。

回到車站前，小勝負發動停在機車停車位的哈雷機車，對白熊說：

「我還有一堆工作，要先回去霞關。」

「啊，我還要去別的地方，你先回去。」白熊裝作若無其事地說。

小勝負皺起眉頭。

「妳肯定又要多事了。妳要去探望石田太太吧？」

被一語道破，白熊急了起來。小勝負看似對別人漠不關心，卻十分敏銳。他肯定會反對。在業務之外和相關人士接觸，本來就是不值得鼓勵的行為。

但不管小勝負說什麼，白熊都不會動搖。她一直牽掛著七瀨。石田被羈押了很長一段時間，她獨自一個人是否感到很不安？

「只是去探望一下。」

小勝負嘆了口氣，開口似乎想說什麼。

「你想說什麼？」白熊像是要豁出去似的問道。

小勝負只是聳聳肩。

「我們不適合投射感情。我們的職務不是為了特定的人，而是要維護公平的自由競爭。」

公平的自由競爭——小勝負隨意說出這句話，讓白熊一陣驚愕。她當然也理解公平會的理念，但她更深刻體會到具生活真實感的一面，比如正當經營的人蒙受損害，或是國民能夠得到更廉價的服務。

「你說競爭，但說穿了競爭只是一種手段吧。畢竟最終目的在於保護國民的生活。我要做的事，並不算違背公平會的理念。」白熊以壓抑的口吻反駁。

她大可以隨口敷衍「對對對」，卻依然私下拜訪七瀨。但小勝負那副無所不知的態度，卻讓她內心升起一股怒火。

小勝負撇著嘴角，似笑非笑地說：

「咦，妳也會思考手段、目的和理念？那妳說得出《獨占禁止法》的第一條嗎？」

「什麼？《獨禁法》第一條？」白熊不解其意地反問。

「沒錯。第一條就是我們的目標。」

「呃，我沒有背起來。」白熊支吾起來。實務上，完全沒必要背誦法條。她覺得小勝負只是為了讓她難堪才這麼問。

小勝負雙手插在皮夾克口袋裡，朝白熊走近一步。

「……本法旨在促進公平自由競爭，令事業經營者之創意得以發揮，振興事業活動，提高就業及國民所得水準，以確保一般消費者之利益，並促進國民經濟之民主健全發展。」

口吻平淡，就像在朗讀教科書。

小勝負筆直地俯視白熊。

「妳關注的全是業者的利益。但條文上是促進國民經濟之民主健全發展。民主健全，妳明白這是什麼意思嗎？也就是說，也有些公司最好倒閉。古老的產業衰退，出現的空缺就由創新來填補。這樣的過程到頭來才會造福國民的生活。不是說獅子會將自己的孩子推落千尋深谷嗎？如果沒有將小獅子推下谷底的覺悟，根本不適合這份工作。」

「你哪懂什麼審查實務！」白熊反射性地怒吼。她快氣死了。

小勝負過去的工作，都是政策立案。他才剛被分派到審查局，而白熊在審查領域已經做了整整五年，也有她自己的驕傲。

「現場不是這樣運作的。就算滿口理想也沒有用。只有站在業者這邊的審查官，才有辦法問出內情，完成筆錄。」這是前上司遠山的說法，但白熊自己也如此相信。遠山的背影龐大而遙遠，但她相信遠山，也追隨了他五年。她不想被什麼都不懂的小勝負輕易否定。

「阻止我也沒用！」白熊背對小勝負，往前邁步。

後方傳來重重的嘆息。「我不管嘍。」

聽到小勝負的話，白熊沒有回頭，跳上停在附近停車場的租車，發動引擎。車子裡被空調烘得很暖，但她仍怒氣難消。

小勝負什麼都不懂，卻高高在上地下指導棋。就算再聰明，到了現場也無用武之地。審查的本質，是人與人的碰撞。小勝負完全不懂，他永遠都不會懂。而且，他八成相信自己無所不知。

白熊驅車開了一陣，來到「石田花店」時才漸漸冷靜下來。她不是氣消了，只是姑且將情緒擱置。只要稍微想到，怒意又立時湧現。不行，此刻必須將情緒好好地隱藏起來。

花店裡沒有客人。

七瀨坐在收銀檯的高腳凳上發呆。

「七瀨女士，好久不見。」

白熊舉起伴手禮的泡芙。是在路上的人氣糕餅店買的。七瀨看到白熊，表情頓時變得柔和。

「我去泡茶，裡面請坐。」

七瀨向白熊招手。她原以為會被帶到之前去過的工作室，卻意外地來到了隔壁的辦公室。牆邊擺著一張灰色辦公桌，中央是一組木桌椅會客區，只有這些家具。

白熊順著七瀨的招呼，在木椅坐下，七瀨端來洋甘菊茶。還未入口，甘甜清爽的茶香便在四周擴散開來。喝了一口，白熊感到僵硬的身軀從深處舒緩下來。

「那位高瘦的先生，今天沒有一起來嗎？」七瀨問，似乎在打探白熊的反應。

「哦，他啊？別管他。」白熊沉著聲回應，忍不住又想起剛才的對話，令人氣悶。

「前些日子，我們單位的小勝負冒犯妳了。妳要煩惱的事那麼多，他還淨說些落井下石的話。」白熊行禮致意。

上次來拜訪七瀨，小勝負也一副高高在上的態度從旁指點。明明完全不懂別人的生意。

「不會，不要緊。我們或許也有太天真的地方。花店這行業本來就已經搖搖欲墜，很無奈啊。」

「就是說啊。」白熊點頭表示贊同。

七瀨嘆了一口氣，眉上的短瀏海隱約透出眉間的皺紋。儘管穿著稚氣，表情卻顯得無比凝重，很不相稱。她今天穿著格紋黃圍裙，和上次拜訪時的打扮相同。對比起充滿活潑氣息的服裝，今天的她更讓人感到暮氣沉沉。就像回到布偶裝打工人員的休息室裡，取下布偶頭一臉筋疲力盡的打工大學生。

「公家機關人員來拜訪這麼多次，很難得呢。還有想問的事嗎？」七瀨的眼神中掠過一絲警戒。

白熊搖了搖頭。

「沒有，剛好有事過來附近，想看看妳好不好。」

瞬間，七瀨像是怔了一下，但隨即笑逐顏開。

「謝謝妳。好久沒有像這樣聊天了。」

她表示店裡已辭退了所有員工。她認為與其無限期請員工休假，不如讓他們趕快找下一份工作。丈夫不知道什麼時候才會被釋放，也只能做出這樣的決定。

「我們剛才也和律師談過了，妳先生似乎還要一陣子才會被放出來。」

「磐田律師嗎？律師提過你們要去討論外子的事。謝謝妳的點心，我不客氣了。」七瀨拿起一顆泡芙。

看她吃得津津有味，白熊心中閃過一絲念頭，或許之前也可以請七瀨引介石田的律師。但是在綠川提起之前，她甚至沒想過既然見不到嫌犯，改見律師也行。畢竟綠川是檢察官，才能想到這一點。

「店裡生意怎麼樣？」白熊小心翼翼地問。七瀨淡淡地說：

「唔，可能撐不下去了吧。外子鬧出那種事，天澤集團的訂單也沒了。他想去談判交易條件，卻反倒惹出事來，搞到生意全告吹，真是烏龍一場。」

七瀨含糊地笑了笑，語氣輕鬆地接著說：

「真是，上上個月才剛丟了『S雅緻飯店』的生意呢。」

「咦！是這樣嗎？」白熊驚訝地說。

「對啊，他們說要換別家花店。明明都做了幾十年的生意，卻突然改用另一家新開業的花店，太不厚道了。」七瀨的語氣中透著無奈。

白熊心中一震，想到石田也涉及「S雅緻飯店」老闆安藤的殺人未遂案。正如小勝負所指出，白熊一直覺得警方僅因身型相似就懷疑到石田頭上的理由，相當不自然。

或許是因為長年來的生意被單方面喊停，石田一時氣不過而攻擊安藤。這表示石田的確懷有殺害安藤的動機，因此檢警才會浮上強烈的懷疑。

「你們和這一帶的飯店合作很久了嗎？」白熊隨口一問，意外地發現七瀨的表情突然沉了下來。

「很久嗎……嗯，很久了。做生意的對象就是固定那幾個嘛。泡芙很好吃，白熊小姐也請嚐一個吧。」七瀨不自然地轉換話題。是有所掩飾的語氣。

「啊，我沒端盤子過來。我去拿喔。」七瀨慌慌張張地離開辦公室。

白熊暗自納悶，長年往來這一點應該沒有必要隱瞞，畢竟合作愈久，顯示花店對特定飯店的依賴程度就愈大，對於飯店欺壓花店情事，是最適合不過的環境。也就是說，長期交易本身有利於佐證飯店欺壓供應商的事實，應該不會是身為受害者的七瀨需要閃避的話題。

白熊詫異之餘，抬頭環顧辦公室。這間辦公室與工作室相連，中間的出入口沒有門。她朝工作室的方向看去，意想不到的東西躍入眼簾。

工作室角落擺放著約三十盆軟盆苗。靠近一看，一旁插著「東方虞美人　初夏盛開」的插牌。這些花苗上次擺在店面，而不是工作室。

出了什麼問題嗎？她注視著附在插牌上的花朵照，頓時愣住了。

鮮紅色的花瓣下，並排著六片苞葉。當年在警察學校課堂上的記憶被喚醒了。

這不是東方虞美人，而是另一種品種，罌粟。

俗稱東方虞美人的鬼罌粟是可以栽種的植物，但非常類似的罌粟由於可製作鴉片，不論是栽種或持有都受到禁止。兩者外形極為相似，光看苗或葉子皆難以辨別，因此，不知道是違法植物而栽種或販賣的例子層出不窮。

「妳在做什麼？」

背後傳來七瀨的聲音，語氣冰冷。

白熊立刻轉身。七瀨手裡拿著盤子，表情就像戴了面具。

「那些虞美人賣不出去，所以收進來了。」

「這些虞美人……」白熊正想追問，但話還未出口，七瀨就說：

「喏，我們來吃泡芙吧。」七瀨轉身背對白熊。

「那個，這些虞美人……」

「又怎麼了？」

七瀨回頭瞪著白熊，那張稚氣的臉龐嫌惡地扭曲。白熊被七瀨態度上的轉變嚇到，一時說不出話來。

但她握緊了拳頭，堅定地說：

「這些花苗長大之後就是照片上的花，對吧？那麼，這些花苗不是東方虞美人，而是罌粟。是可以用來製作鴉片的違法植物，法律上禁止栽種和持有。」

「罌粟？那是什麼？」七瀨語帶怒意。

白熊聽出了她的口氣，心中一凜。

看來七瀨知道這些花苗是違法植物。但不清楚她是否明知實情仍販售給客人。或許是在不知情的情況下販賣，後來發現觸法才收了起來？

「向警方自首吧。如果是在不知情的情況下販賣，就不算觸法。只要向購買的客人回收商品就……」

「然後退錢給客人嗎？」

七瀨的眼神中流露出明確的怒意，彷彿在說她連一毛錢都退不了。

丈夫被逮捕了，她完全不想再與警方有任何牽扯。可是，站在白熊的立場，只能勸她自首。

「趁早向警方說明，警方會相信的。如果私自丟棄，反而會被懷疑是明知故犯。」

逮捕石田的搜查一課刑警也曾來到花店，但想必絲毫未留意店內的植物。渴望被分發到刑事部門追捕凶惡犯人的男性，在警校時期，只對法醫學和偵查方法的課程感興趣。

像白熊這樣的女學生，因預期可能被分派到生活安全課處理微罪案件，自然對違法植物等課程較為積極。

「幸好搜查一課的刑警沒有發現這些是罌粟。現在就去向警方說明吧。」白熊試著鼓勵七瀨。

只見七瀨眼眶泛出淚光，搖了搖頭。

「請妳當做沒看到吧。」

「可是……」

「只要妳不說，就沒有這件事。」七瀨憤怒地瞪著白熊。「我不知道這些植物是違法的。這些花苗我會處理掉，事情已經結束了。過去的錯誤，就別再挖出來了。我不希望我們花店再傳出莫名其妙的流言。請既往不咎吧。」

「可是……」白熊說不下去。七瀨說的不無道理。

她不慎販賣了違法植物。當她發現違法植物時，立刻就收了起來。沒必要將這點程度的失誤鬧大。

站在警方的角度，當然會想要掌握違法植物苗的來源及流通管道。但白熊也能理解，七瀨正為了搖搖欲墜的花店而吃盡苦頭，沒有義務冒著風險協助警察。但萬一事後被發現店裡販賣違法植物，私下處理的後果將不堪設想。即使白熊再三分析給七瀨聽，她就是不肯點頭。

「雲海先生說會替我天衣無縫地處理掉。而且，發現這些植物違法並提醒我的人，就是雲海先生。」

「雲海先生？天澤雲海？」白熊相當驚訝。

「對。」七瀨兩眼圓睜，就像在問為什麼要問這理所當然的問題。

「雲海先生是這一帶的救世主。他會資助經營走下坡的商家，或是買下那些店鋪，讓生意起死回生。外子給他添了這麼多麻煩，他卻仍關心這家花店……天澤集團的交易條件雖然嚴苛，但那畢竟是做生意。」七瀨的語氣中透著複雜的情感。

前些日子稽查時，雲海提到在重建當地的珍奶店。原來這些話都是真的。

「就算天澤雲海會幫忙，要是被警察抓到……」

「請別管我了。我再也承擔不了更多的問題……」七瀨斬釘截鐵地說，手不經意地撫摸著鼓起的肚腹。白熊見狀，心中一沉，什麼話都說不出口。

白熊腦中浮上豐島浩平的笑容。她不想再看到身邊有人受苦。要是將七瀨逼得太緊，萬一出了事，那可就後悔莫及。

白熊捏緊拳頭，像是在支撐自己的決定。

「我明白了。這件事我會當做沒看到。但如果不盡快處理，真的很危險。」

聽到白熊的話，七瀨露出了安心的表情。

「嗯，我明白。白熊小姐，謝謝妳的理解。」

看到七瀨再次放晴的表情，白熊告訴自己：這樣就好了。

隨後兩人又閒聊了一陣，但白熊心不在焉，只留下一句「保重身體」，便離開了石田花店。

這樣就好了。我再也不想看到人們變得不幸。

她在內心不斷重複著這句話。

3

當週星期五。

所有職員都緊盯著吊掛在大辦公室的電視。

「花店涉及嚴重的不法行為。」

電視的新聞特輯中，雲海大剌剌地露臉。

聽到不法行為，白熊想起了七瀨和販賣違法植物的事。幾天前在「石田花店」發生的事，依然牽動著她的情緒。

但雲海所揭露的內容卻完全是另一件事。

「其實，我們天澤集團前陣子遭到公平交易委員會稽查。公平會無中生有，指控我們欺壓供應商。但受到欺壓的，其實是我們飯店！」

辦公室的職員立時一陣嘩然。眾人交頭接耳：「誰提出了這樣的供詞？」「不，還是第一次聽說。」

電視螢幕中，女主播往前探了探身子，疑惑地問道：

「不是飯店欺壓供應商，而是被供應商欺壓？」

「沒錯。比如『天澤飯店S』所在的栃木縣S市，六家老字號花店就聯合起來，威脅飯店要是和這六家花店以外的花店做生意，往後老花店都不會再供貨。對飯店業來說，鮮花是不可或缺的裝飾，要是遭到當地花店排擠，那可就麻煩了。所以就算交易條件不理想，我們還是得繼續和當地花店打交道。」

「為什麼不乾脆更換合作的花店？」

「這樣做風險太大。但也有飯店業者試著這麼做，比如當地另一家知名飯店『S雅緻飯店』，他們從上上個月開始就不再向當地花店叫貨。但緊接著飯店老闆就遭人刺傷，至今意識仍未恢復。我們原本也考慮更換合作花店，卻連我都遭人持刀攻擊……」

影像切換成資料畫面，播出石田遭逮捕時的新聞片段。

「這是怎麼回事？」白熊隔壁座位的桃園喃喃道。

「『S雅緻飯店』更換供應花店的事，我從白熊那裡聽說了，可是這……」

從七瀨口中獲得的資訊，除了違法植物以外，白熊一律已向審查局回報。至於違法植物，她連對小勝負也沒有提起。小勝負那麼冷血，要是得知這件事，肯定會立刻報警。

「這下麻煩了。上頭會不會被驚動，要求我們也同時調查花店是否違法？畢竟公平會標榜的就是『殺一儆百』嘛。」

全國各處可見違反《獨占禁止法》的案例。惡質的情況當然會被糾舉，但無法連同情節輕微的案子都一網打盡。為了有效率地改善現況，會傾向於查緝對業者更具警告效果的案件；有時也會優先調查媒體與社會大眾關注的案件。

倘若遵循「殺一儆百」的政策，上頭極可能命令他們對花店展開調查。況且，雲海對於公平交易委員會的調查並不服氣，還宣稱自己才是被害者。若對此置之不理，公平交易委員不就順著雲海的意成了壞人？公家機關格外在乎這種面子問題。

不出所料，當天下午決定就出來了。

桃園召集約十五名職員到會議室進行說明。

「這次要調查的不是飯店，而是花店的不法行為。花店涉嫌聯合同業，限制飯店的交易，並排擠其他花店。調查對象是雲海提到的六家花店，以及一家新開業的花店。這是小規模的稽查行動，兩人一組負責一家店。」

風見隊長不在。最近他忙著應付雲海，因此由桃園代他做事前說明。

前上司遠山也在現場。他因為白熊的失誤而再也無望升遷。白熊不自覺胸口一緊。

「那麼，負責的店鋪人員分配……」

「請問！」白熊突然開口：「這會不會是雲海的圈套？」

整間會議室的人都朝白熊投來驚訝的目光。

白熊逐一看回去，眾人紛紛別開視線。她聽見小勝負輕嘆了一口氣，應該是對自己的多嘴感到不耐吧。

「雲海說不定是為了阻撓我們調查天澤集團欺壓供應商的行為，而蓄意將責任轉嫁給花店？我們就這樣著了雲海的道嗎？」白熊的聲音中帶著一絲不安。

七瀨的態度讓她有些介意。

當白熊詢問飯店和花店的合作過往時，七瀨的表情卻瞬間一沉。這種僵化的交易關係，支配與被支配的立場很容易翻轉過來。原來不是飯店限制了花店，而是花店限制了飯店？

但白熊也想要相信七瀨。

飯店對供應商提出了過分的要求，也是證據確鑿的事實。為何還會想設法限制提出過分要求的生意夥伴？這簡直就像不肯放家暴男友離開的女性，情願主動跳進傷害自己的關係裡？

「大家都知道這八成是雲海的圈套。」小勝負冷冷地說。

「但還是要調查。雲海或許有雲海的違法行為，但撇開這件事不談，如果花店也有違法情事，當然也要調查花店。沒必要判斷誰是壞人，誰是被害人。如果整個業界都腐敗了，就要調查業界每一個當事人，不能偏袒任何一邊。」

小勝負的眼神如同利針，深深刺入白熊心中。

白熊目不轉睛地回瞪他，沉默了數秒。

「嗯，小勝負說的沒錯。」桃園插嘴道：「人力有限，要是也調查花店，的確會拖慢查緝雲海的進度。但不論是調查雲海或花店，都是同樣重要的任務。」

白熊安分地點點頭。

她理智上明白，違法行為就是違法行為。

但違法也分各種情況。

擁有鉅額資本的大公司，為了謀取更高利潤而從事的違法行為，和那些連明天都不曉得能否撐過去的個體戶小店為了溫飽鋌而走險的違法行為，真的應該要平等裁罰嗎？或許整個業界都腐敗，但她不認為就該讓業界的人全數沉淪。

「可以讓我負責『石田花店』嗎？我接觸過幾次，了解那裡的狀況。」白熊反射性地做了這個決定。萬一花店被稽查時發現違法植物，七瀨會陷入困境。雲海雖然已指示她處理掉違法植物，但還是讓人放心不下。若是由白熊負責稽查，她就可以妥善處理。

她也想要隱瞞自己假裝沒發現違法植物的事實。但比起自保，她更擔心七瀨的處境。

「人員已經分派好了。『石田花店』由遠山和小勝負負責。小勝負對那裡的了解程度和白熊差不多吧。白熊和我一起去新開幕的花店。」桃園的聲音讓白熊額頭冒出冷汗。

不能在這裡敗下陣來。

「我可以和小勝負交換嗎？」

「為什麼？」桃園那雙大眼睛定定地看著白熊，神情冷靜而嚴肅，與平時的閒聊截然不同。

「白熊，妳對那家店帶有感情嗎？那就更不能讓妳負責。」桃園嚴肅地說。平常嗲聲嗲氣熱中於八卦的桃園，一旦進入工作模式，語氣便變得冷淡而果斷。她做決定的速度比風見還快，下了決心就不會動搖。白熊明白，堅持下去也沒有意義。

「那麼，說明會就到這裡。下星期就麻煩各位了。時程緊湊，相當辛苦，不過請各位在這個週末就前往當地。」桃園在最後輕鬆地說，接過回收的資料，英姿煥發地離開。

不安如同剛形成的汙漬，在白熊心中一點一滴擴散開來。

希望沒事。但小勝負知識淵博，或許也熟悉花的品種。

先前拜訪時，小勝負可能也看到了陳列在店頭的花苗。如果他注意到那些花苗被收進後場，或許會更仔細確認花的照片。

白熊感到無力。她只祈禱能順利過關，並著手準備出差事宜。

隔週星期一上午九點半，白熊在栃木縣的咖啡廳和桃園會合。

喜好華麗裝扮的桃園，在稽查當天換上了黑色褲裝，一頭長髮在後腦較低的位置紮成髮髻，與平時的印象大相逕庭，散發出宛如空姐的氣質，但同樣很適合她。

「白熊，早！」桃園以平時的輕快口吻打招呼，臉上的妝容無懈可擊。

仔細想想，白熊從來沒見過桃園的妝容浮粉斑駁。她一直覺得桃園是個充滿女人味、輕飄飄的女子，但這般的無懈可擊，或許才是她的本質。

「我們走吧。快點結束，泡個溫泉再回去。」桃園提議。

就算泡溫泉，桃園的妝容也不會花掉吧，白熊心想，不禁露出苦笑。

白熊和桃園負責的花店「布可杜菲」，位於離車站車程約二十五分鐘的住宅區。這個地區主要的交通手段是開車，車站幾乎只看得見觀光客，當地的生活據點離車站很遠。

這一帶家家戶戶似乎都有自己的車庫，有些人家甚至擁有能停放兩、三部車的車庫。花店就位於廣大的住宅區一隅。

停車空間只有兩個車位，占地面積也不大。相較於「石田花店」，約莫只有三分之一的規模。

花店前擺出立式看板，上面寫著「漫漫秋夜，迷你芒草為您點綴秋意」，並繪上插著芒草的窗戶插畫。

走進店內，正面是一張時尚的黑色木桌，展示著奼紫嫣紅的花朵，這些花各別插在精緻的透明花瓶裡。往裡面走去，叢林般高矮錯落的植物迎接。每一種植物都使用透明的花瓶陳列，在店內燈光照射下，晶瑩閃爍。

看看標價，這裡的花比「石田花店」更貴。只要店內氛圍時尚，即使貴一些也賣得出去嗎？

收銀臺旁邊陳列著送禮用的花束和永生花，掛著建議送禮用途的ＰＯＰ標示：「登門拜訪」、「早日康復」、「新居新氣象」，便於顧客挑選送禮。

從收銀臺走出一名青年。

天然鬈的髮絲垂落在白皙的面龐，是個身材纖細、氣質中性的年輕人，看上去還不到三十歲，可能更年輕。

青年穿著清爽的白襯衫，搭配黑色棉褲，彷彿人氣咖啡廳的店員。

「請問要找什麼嗎？」男子的語氣顯得小心翼翼。店裡進來了兩名一身黑套裝的女子，一看就知道不是買花的客人。

桃園出示審查官證。

「我們是公平交易委員會的人。」

「呃，公平……什麼？」店員顯得一臉困惑。

桃園露出親和的微笑。

「我們是公家機關，正在調查這一帶的花店，因為有人檢舉花店聯合起來排擠新開的花店。」

桃園詳細而淺白地說明原委，並依序說明兩人的身分、調查原因及相關店家等。她的解說簡單明瞭，讓白熊聽得入迷。桃園柔和的語氣雖彬彬有禮，卻讓人倍感親近，儼然壽險推銷員。

店員似乎也完全放下心來。

「我是店長青柳。說是店長，這家店也只有我一個人。」

青柳微微笑了，露出可愛的虎牙。

「可以讓我們看看店內，還有裡面的辦公室嗎？」

「請便。有什麼我幫得上忙的，我都會配合。只是這家店去年才開，沒什麼特別的東西。」

裡面的辦公室約三坪大，隔壁則是差不多大小的儲藏室。

兩人將帳簿、交易紀錄、青柳的行事曆等待確認的證據集中在一處。白熊從皮包裡取出幾份文件，是附在「提交命令書」和「扣押物通知書」的清單。她將扣押的證物項目逐一手寫填入，填好後請青柳一併確認。

青柳點頭表示沒問題。

「根據兩位的說明，我才意識到，或許我的確被排擠了。」青柳羞赧地搔了搔頭。

「開花店是我從小——大概從幼兒園就懷抱的夢想。短大畢業後，我當了幾年上班族，存了錢，去年終於開了自己的店。我發揮許多巧思，像是和包裝廠商合作，製作這家店專屬的包裝材料。像是這個，請看。」

青柳自豪地出示一張包裝紙，上頭以黃色水滴圖樣為底，手繪的妖精翩然飛舞，設計十分可愛。

「我們的店名『布可杜菲』，意思是妖精的花束。花不就是一種擁有神奇力量的事物嗎？每當收到一束花，平凡無奇的一天就會變得色彩繽紛，像魔法一樣。因此我想販賣彷彿施了魔法的妖精花束，於是請人做了這款包裝紙。陳列方式也費了我好大一番心血，來到店裡的客人可以看到更多的花。」

「使用透明的花瓶，也是你的巧思嗎？」白熊好奇地問。

青柳靦腆地回應：

「哦，那是為了檢查切花的鮮度。放在透明的花瓶，可以隨時確認水的狀態。要是花才買回家不久就枯了，客人一定會很失望。所以我們店裡的花都保證五天內絕對不會枯萎。」

白熊想起「石田花店」用的是黑色塑膠桶，而且隨便擺放，想必無法隨時檢查水質是否乾淨吧。

「定價比較貴，是因為可以放比較久嗎？」

青柳點點頭。

「花是生鮮品，每天進貨的價格都不一樣。」

白熊明白了。她在「石田花店」聽七瀨說了一樣的事，以他們的花店來說，也是依據當天的進貨價，訂出勉強有利潤的價格販賣。

「大部分花店每天的切花價格都不一樣。但是對客人來說，並不喜歡看到價格老是變動。因此即使標價比別家店貴一點，我也打算採固定價格。雖然進貨價高漲時會出現赤字，但長期下來還是有利潤。此外，有些花是和農家合作特別栽培的品種，這類花就比較昂貴。但也有客人看到我在社群上的宣傳，特地從外縣市來購買這些花。」

青柳拿出手機，展示「布可杜菲」的社群頁面，五彩繽紛的鮮花和花束讓人眼睛一亮。他說最近也多了一些來自網路的訂單。

氣質害羞的青柳一聊起花和花店便滔滔不絕，停不下來。似乎也有人在社群上訂購婚禮花束。但由於這家店並非飯店的合作業者，新人還須負擔昂貴的「攜入費」。

白熊也正在準備婚禮，對箇中細節十分了解。

飯店會列出合作廠商，當新人選擇合作廠商，飯店就能拿到一定的回扣；假使新人選擇合作廠商以外的業者，飯店就無法獲取回扣。因此為了填補這筆損失，飯店會向新人收取「攜入費」。

站在顧客的角度自然難以接受，但畢竟是業界慣例，也只能摸摸鼻子吞了。

「我在社群經營上下了不少心血，一般客層漸漸增加。但我始終拿不到飯店或殯儀館的大訂單。之前好不容易第一次和『S雅緻飯店』合作，但其他飯店好像都被這一帶的老花店綁住……今天聽了桃園小姐的說明，才知道是其他花店聯合起來排擠我的店。」

青柳低頭望向交握的手指，神情略顯沮喪。

看他那模樣，白熊一陣心痛。

她忽然想起拜訪「石田花店」時的情景。「石田花店」也以自己的方式在努力經營，好比壓低價格、免費宅配。但實際走過兩家店，卻讓她正視到兩者之間的差距。真的竭盡全力經營了嗎？小勝負的質疑再次浮上腦海。

對於一般顧客的用心，「布可杜菲」無疑是壓倒性大勝。「石田花店」因為生意不佳而煩惱，這一點也能理解。畢竟連支撐花店獲利的婚禮鮮花供應，也得仰賴著聯合自己人排擠新人，才能掌握在手裡。

業者或許已經很努力了，但實際狀況卻是，即便被批評努力不夠，也難以改變結果。至少站在消費者的角度，白熊更情願支持「布可杜菲」。換作她是來買花的客人，比起「石田花店」，絕對會選擇來「布可杜菲」消費。

話雖如此，白熊也無法冷漠地認為「石田花店」就應當倒閉。這或許正是她過於天真的性格。

白熊長年練習空手道，深刻理解勝負的殘酷。有時候，光憑努力並不足以改變結果，身體狀況的微小差異或時機因素，往往才是勝負的關鍵。因此，每一次的專注力以及絕對不輸人的強烈鬥志，才顯得格外重要。

但——弱者落敗，強者獲勝，世界這樣就好了嗎？

這個疑問在她內心深處悶燒著，但她無法停下手中的工作。兩人將青柳的陳述當場記錄下來，並請他確認內容，簽名蓋章。這只是聽取被害人的說法，因此並非直接證明違法事實，但遠山也說過，即使是瑣碎的細節，一步步扎實地追查才是最重要的。

白熊忽然想起遠山和小勝負。「石田花店」那邊現在怎麼了？一股不安感讓她的側腹部隱隱作痛起來。

4

隔天，不安成真了。

白熊一進辦公室，桃園便一臉凝重地等著她。小勝負則頻頻偷瞄她。

「白熊，妳認得這張照片嗎？」桃園語氣冷漠地質問，並將一張照片放到白熊桌上。是罌粟的照片，之前擺在「石田花店」店頭的那些花。

「昨天的稽查中，小勝負發現了違法植物。遠山決定立刻報警，警方以證人身分詢問了石田七瀨。」

白熊頓時面色蒼白。這是最糟糕的發展。販賣違法植物的事果然敗露了。七瀨將被逼到絕境。枉費白熊還大力勸她向警方自首，如今懊悔不已。

「七瀨女士表示，前陣子妳去了店裡，她為了這個問題向妳求助。她本來想要自首，但妳說『偷偷處理掉就不會被發現』，她才打消了自首的念頭。」

「咦，才不是這樣……」白熊氣得雙手顫抖不止。

七瀨撒了謊。她懇求白熊替她保密，然而事跡敗露，卻將責任一股腦推到白熊頭上。白熊本來對七瀨充滿同情。七瀨的丈夫被逮捕後，她一個人保護著肚子裡的嬰兒，苦撐著花店。白熊覺得她很可憐。

但實際上，七瀨比她想像的更加強悍。她勾結同業，排擠新開的花店，更將隱暱販賣違法植物情事歸咎於他人。

混濁的情感從肚腹深處湧上心頭，白熊不知道該如何形容這種感覺。

「我沒有叫她隱瞞！我還勸她自首！」白熊辯解。

桃園的眼神閃爍。

「勸她自首？那麼，妳承認妳早就知道那些違法植物。發現之後，為什麼不立刻提報？檢方不也早就要求我們，當調查過程中發現犯罪情事就要立刻回報？」

上課時，綠川說了一樣的話。白熊心底明白。

「妳對那家店相當偏袒。之前要求更換稽查負責人，也是為了搓掉這件事，好掩護七瀨女士，對吧？」桃園的語氣淡漠，甚至聽不出怒意，但這樣反而更讓白熊感到可怕。

「妳不回答，我就當做是這樣了。」

白熊一句話都說不出來。

她面對桃園，沉默了數秒。

「唔，好吧，我知道妳很頑固。或許是被遠山哥傳染的。」

「和遠山大哥無關。」白熊氣憤地回嘴。

桃園重重地嘆了口氣。

「這次是遠山哥通報警方。他聽完七瀨女士的陳述，起初還很驚訝，表示白熊不會做出這種事。妳等同背叛了遠山哥的信賴。我本來打算將七瀨女士的聽取交給遠山哥和妳，但既然發生這種事，也不能讓妳負責了。我會讓小勝負處理。」

桃園說完便走出辦公室，似乎還要去討論其他案件。

白熊癱坐在座位上，不是誇飾，而是真的癱著。

糟透了。

她背叛了遠山的期待，也讓桃園失望。

偏袒調查對象的審查官，沒有人會信任。往後她再也甩不掉別人對她的懷疑目光。即使調查後因證據不足而放棄查緝的案件，也可能被指責「說不定是白熊同情對方，故意搓掉了證據」。

她覺得眼前一片漆黑。

遭到信賴的七瀨背叛，讓她震驚不已。

難道在七瀨眼中，她是一個容易操控的愚蠢審查官嗎？也許她走投無路，情急之下將罪行推到白熊身上。但就算是這樣，七瀨認為白熊是可以替她背黑鍋的對象，這也是明擺在眼前的事實。

老是這樣。白熊總是在不知不覺中抽到下下籤。每當班上決定事情時，她也常因為拖拖拉拉而被塞了最麻煩的職務。在町內會的活動中，母親三奈江也一樣常被迫扛起一堆雜務。她總覺得母親沒用，也厭惡著像母親的自己。

總覺得一切都不順利。

身體沉重得彷彿快陷進椅子。

上午預定要分析花店彼此勾結的證物，但她絲毫提不起勁，無法專注，心不在焉。雖然看了必要的證物，卻花了比平常多出好幾倍的時間。

證據不動如山。

六家花店之間密切聯絡、相互勾結的過程都保留在電子郵件裡。信件中也提到新開的「布可杜菲」，說得相當難聽：「只有門面好看，空空洞洞的一家店嘛」、「不是裝潢時尚就行」、「沒錯，只想引起話題，品質和服務都不像話」、「很會搞網路行銷，好像還來了雜誌採訪」、「有話題又怎樣？」但只要實際去過「布可杜菲」，和店主青柳談話，就知道這些批評不過只是出於眼紅。

沒想到這個看似悠閒的小鎮，居然隱藏著如此複雜又黑暗的心思。

一個懷抱夢想、努力打拚的年輕人，就這樣被狹隘的圈子所排擠。白熊該對抗的是這種封閉的欺凌。

然而，她卻只看見表面，甚至意圖偏袒違法的當事人。

她對自己深深感到羞恥。

豐島的自殺，也讓她正視自己的無能。原本想要挽回什麼，卻又在別處失足。她不禁懷疑自己究竟何時才能獨當一面？

或許自己根本不適合這份工作。

腦袋一隅傳出細微的話語：妳本來想當警察吧？妳只是人云亦云地跑來公平交易委員會罷了。妳本來就不適合，這也不是妳想做的工作。

徹也的臉突然浮現腦海。還有本庄審查長的臉。

審查長曾說要調她去九州辦公室，如今感覺那已是遙遠的過去。這份工作值得再做下去嗎？甚至要付出與徹也變成遠距離的代價？

「白熊。」

頭頂傳來聲音。白熊抬頭，小勝負站在她面前。

環顧四周，大辦公室一片鬧哄哄，不知不覺已經午休了。

「去吃飯吧。」

「咦？」

「吃午飯。走吧。」

「走？跟你嗎？」

「不行嗎？」

和小勝負對望。

那雙眼睛看不出感情。嘴角微微扭曲。

「我很忙，快走吧。」

小勝負隨即大步往前。白熊愣了片刻，但很快跟了上去。似乎是要去中央聯合辦公大樓的地下餐飲街。

小勝負是在鼓勵自己嗎？還是想對她說：「看吧，我早就說了？」

白熊去找七瀨前，小勝負就會阻止她。如果當時聽從小勝負的勸告，白熊就不會因為包庇七瀨而受到指責。

在稽查中發現違法植物的是小勝負，也連帶揭發了白熊試圖遮掩罪行的事實。或許小勝負對此感到內疚，但他只是在履行自己的職責，白熊並不怪他。

明明來到蕎麥麵店，小勝負卻點了大碗肉烏龍麵。白熊點了小份的熱湯蕎麥麵。平常她都會點大碗肉蕎麥麵，今天卻毫無食欲。

兩人無話可說，默默地各自嚼著麵條。白熊不禁思索，為何要答應一起吃飯呢。尷尬的氛圍瀰漫在兩人之間，她也沒力氣開啟話題。

吃完麵，喝了一口茶，小勝負終於開口：

「我沒想到妳也發現了。」

聽起來像自言自語的一句話，不知道是對白熊說的，還是獨自在嘀咕。

「發現？」白熊困惑地反問。

「罌粟啊。虞美人和罌粟的差異很微妙，沒想到除了我以外，還有人會發現。我太小看妳了。」小勝負的眼神直直地落在白熊臉上。

視線交會，白熊不自覺垂下目光。

「我待過警校，那時候學到的。」

「就算是警察，也很少人能立刻看出來。事實上，搜查一課的刑警就沒發現。虧妳能發現。」

「我發現了，但沒說出來，也沒有意義。」

「發現了但沒說，我也是一樣的。」小勝負的語氣依然平靜。

白熊驚訝地抬頭。

小勝負拿著茶杯，一臉若無其事。

「咦，什麼意思？你不是發現那是違法植物後，就向遠山哥報告了嗎？」

「不，我更早以前就發現了。初次拜訪『石田花店』，看到店面陳列的花苗照片時，我就注意到了。但我沒有說出來。我覺得七瀨女士不知情，並不想追究。等到她發現時，主動交給警方就沒事了。可是昨天去稽查，花苗卻收進了後面的工作室。我當場問她，從她的反應看出她很清楚那是違法植物，卻仍未通知警方，企圖當作沒這回事。我猶豫了一會，還是決定上報。」

白熊怔怔地看著小勝負。小勝負就和平常一樣面無表情。

兩人一起拜訪「石田花店」，就是小勝負對七瀨訓話的那次。

那時進入店內，經過花苗前只有短暫的一瞬間。那麼短暫的片刻，小勝負就看出了那是違法植物嗎？而且，他選擇不說破這件事？

白熊原以為小勝負只會刻薄地教訓人，原來他也有按兵不動、靜觀其變的一面？

在那副冷漠的外表下，究竟思考著多少事？

「你看到那些花，一眼就認出是罌粟嗎？」白熊心想，自己此刻的表情肯定相當滑稽。

小勝負一愣，隨即笑道：

「或許妳沒發現，但我比妳想像的還要聰明。我在圖鑑上看過罌粟。只要是看過的東西，我就不會忘記。」

小勝負端起茶杯啜飲了幾口，或許是在掩飾自己的難為情。

「是所謂的瞬間記憶嗎？能直接以畫面記憶那種……」

「不一樣，是看過、理解過的事就不會忘記。但告訴妳這些，妳也不會懂吧。反正我並不奢望別人理解。」

又來了。他每次解釋完什麼，都會緊接著一句「反正你不會懂吧」。白熊覺得每當此時，這傢伙就真的很討厭。但現在她也不是無法理解小勝負的說法。

小勝負發現、理解、記住了比別人多上好幾倍的事，但或許從來沒有人能真正理解這一點。這是孤獨，還是看開了？或許白熊無法同理這種感受。或許有時他必須藉由瞧不起他人來保護自己。

「總之，我要說的是，妳的決定，我也能視為一種立場去理解。因為要不要告發違法植物的事，連我也一度猶豫。」

白熊感受到小勝負想要安慰她。坐在正對面的同事沮喪成那樣，即便是小勝負也會擔心吧。她回想起在栃木，坐在哈雷後座時，從小勝負背部感受到的溫暖。或許他只是笨拙，本性是溫柔的。但這個想法一下子就消失了。

「換成是我，就能更高明地瞞過桃園姊。桃園姊真的很會套話。那點程度的套話都躲不掉，妳還太嫩了。」

「唔，沒關係啦。」白熊含糊地笑了。她認為自己可以比想像中更坦率地說出來。「沒有說出來，是我不對。包庇違法植物這件事，全是我的錯。今天我因此受到指責，也是理所當然的事。但我還是很擔心七瀨太太。她現在不曉得好不好……」

只見對面的小勝負大嘆一口氣。

「為什麼還要擔心她？白熊，妳被她陷害了，為什麼不生氣？肯定是她拜託妳不要說出去的吧？妳答應她守密，事到臨頭她卻將過錯全盤推到妳頭上。妳根本沒必要為那種人的將來擔心。」

「就算你這麼說……」

白熊低下頭。

她明白自己就是該生氣的時候不生氣，才會被迫接下一堆鳥事。這樣的心態已經滲透她生活的每一個角落。

「我並不是原諒她，但就是沒辦法生氣。換成我是她，或許也會做出一樣的事。我只希望七瀨太太每天好好起床、吃飯，勇敢地活下去。」

白熊以為小勝負會立刻反駁，然而他只是定定地看著她，什麼也沒說。他微張著嘴，似乎驚訝地說不出話。

看到小勝負的反應，白熊的心情卻莫名明朗了起來。

「幹嘛那麼吃驚啦？」白熊噗哧一笑。

「還說為什麼……白熊，妳會不會太濫好人了？」小勝負盯著白熊的眼睛。

兩人之間流過一陣沉默。

那過於強烈的視線，看得白熊心跳加速。平常絕對說不出口的話，自然地脫口而出：

「我不是濫好人，只是個膽小鬼。我害怕傷害別人。我是練空手道的好手，卻從來沒有在對戰中讓對手受傷，總是依照規定點到為止。因為我有很強的自覺，害怕讓對手受傷。但是在現實社會，根本沒有點到為止這回事。弱者輸了，不是一句『真可惜』就能結束的。輸的一方遭受致命傷，有時甚至會因此死去。這樣的競爭真的算是好事嗎？強者獲勝，弱者落敗，這個社會這樣就好了嗎？」

白熊像要遷怒似的，將悶在心裡的疑問一股腦向小勝負宣洩。

小勝負將茶杯放回桌上，低聲說道：

「總比耍詐的人獲勝的社會要好得多吧？」

隨即搔著頭站起來。「搞什麼啦，教人看不下去。」只見他一邊嘟囔著，匆匆結完帳便離開了餐廳。

白熊愣在原地，目送他的背影。

不知過了多久，她感到口袋裡的手機在震動，才回過神來。她匆忙要求結帳，卻驚訝地聽店員說「剛才離開的先生已經結了」。

手機仍在震動。她連忙走出餐廳外接聽。按下通話鍵後才暗叫「糟糕」，是她一直不打算接的未顯示號碼。

「白熊楓小姐嗎？」陌生的女聲響起，聲音很年輕，約莫二十多歲。

「我叫英里。徹也有別的女人。」

「咦，徹也？」

全然出乎意料之外的通話內容。白熊將手機壓在耳邊，整個人定住了。察覺到可能會妨礙動線，她連忙移動到走廊的角落。

「他有別的女人。妳是徹也的未婚妻對吧？我是他的前任。你們交往期間，我們也三不五時見面。我還在奇怪他最近怎麼都沒來找我，原來是訂婚了。我被背叛了。我根本不知道他有論及婚嫁的對象。」

花了點時間，白熊才將傳進耳裡的聲音和意義連結在一起。

電話另一頭的女人指控徹也偷吃。而這個叫英里的女人就是徹也偷吃的對象。

「呃，妳為什麼要通知我？」白熊謹慎地問。電話另一頭傳來吸了一口氣的聲音：

「當然要告訴妳！徹也騙了我這麼久，卻想自己一個人得到幸福，天底下哪有這麼美的事？」

腦中一片混亂，但白熊覺得必須問清楚。要是這個名叫英里的女人掛斷電話，她就再也聯絡不上對方了。

「妳的意思是他劈腿嗎？他當妳是女友，也當我是女友，所以我們兩個都被騙了？」

「咦？徹也和我並沒有在交往。我也有男朋友啦。我們只是逢場作戲罷了。是他自己忘不了我，我才陪他玩玩。」

白熊隱隱約約看出了全貌。她和徹也交往約五年。但打從一開始，徹也就沒有與前女友斷乾淨。也就是他長期偷吃。正如英里所說，或許徹也對英里有所留戀。

然而，徹也最終決定和白熊結婚，似乎想結束與英里的關係，卻惹火了英里。說穿了，兩人都很自私。英里已經有男友，卻希望前男友永遠愛著自己。得知屬於自己的男人選擇了別的女人，便讓她氣憤得失控。

回想起來，最近徹也確實很可疑。一起參觀婚宴會場時，還偷偷跑出去接電話，本來要去他家，卻臨時取消。看來是和英里起了糾紛。更早以前，或許也有可疑的行動，但她絲毫沒發現，也不曾懷疑過徹也。她一直相信偷吃只是少數人會做的事，好比自己就從來不曾有過這樣的念頭。

「呃，那妳打來是想……？」白熊對著沉默的手機問道。

假設徹也真的偷吃，她不明白英里特地通知自己的意圖何在。

「妳白痴嗎？真的聽不懂嗎？我告訴妳，徹也在外面偷吃。」

「那是過去的事了吧？現在已經斷乾淨了吧？」

「那又怎樣？難道妳打算和會偷吃的男人結婚嗎？哼，我不管了！」

通話被切斷。

白熊呆住了，直直瞪著手中的手機。英里到底想做什麼？只因為氣不過徹也棄她而去，才想破壞徹也和白熊的感情嗎？可是，英里明明也有男友，況且她自己就是個會偷吃的女人。這份自私讓白熊厭惡至極。

白熊和徹也經營了五年的感情，兩人曾共享恬靜美好的時光。她不打算就此結束這一切。但她能夠原諒他過去的錯誤嗎？更何況從英里的話聽來，並非只是暫時的鬼迷心竅。

奇妙的是，白熊一點也不覺得憤怒。

妳為什麼不生氣？她耳邊響起了小勝負的聲音。

比起憤怒，她更感到不安。徹也是因為自己缺乏吸引力，才會偷吃嗎？英里長得很漂亮嗎？

徹也是白熊第一個交往對象。而她從不覺得身為女性的自己有魅力。因此，比起責怪偷吃的男友，她更忍不住先反省是不是自己做錯了什麼。

反正，徹也最後選擇了白熊，這樣不就好了嗎？他選擇了她。

不，徹也是因為母親生病才想結婚。畢竟像英里這樣的女人不可能和他結婚。對徹也來說，白熊只是個更方便的女人。

腦袋一片混亂。

「過去的錯誤，就不要再挖出來了。」七瀨的話在腦中迴響。

她不知道該怎麼去思考這件事。要原諒什麼？要對抗什麼？或許英里在撒謊，最好找徹也問個清楚。但萬一徹也承認偷吃，並向她道歉呢？就這樣既往不咎嗎？

再次低頭看手機。午休快結束了。她拖著沉重的步伐，返回大辦公室。

IV 真的幸福嗎？

1

十二月第一週的星期五，下午六點。

下班，白熊立刻趕往新橋。她向已經預約的居酒屋打了聲招呼，確定包廂狀況，容納五十人應該綽綽有餘，空間沒問題，也順便確認了菜色和飲料份數，這時守里跑了過來。

「來，給妳。」

守里拿著兩個寫著「尾牙會場」的告示牌，將其中一個遞給白熊。

「為什麼小楓每次都抽到壞籤？」守里歪著頭，一臉困惑。

每年的尾牙，都是由資淺職員抽到籤王擔任幹事。白熊進公司已經五年了，依然每年抽到。運氣都浪費在這種地方了。守里看不下去，三年前就來幫忙她。

開場致詞後，白熊引導姍姍來遲的職員，點飲料、確認菜色依序上桌。開場超過一個小時，晚上八點過後，白熊才總算坐下來，喝了一口烏龍茶。

公平交易委員會的職責不僅是調查案件，還包括立法及宣傳政策。平時，審查和政策的職員很少交流。因此遇到這類尾牙場合，會刻意將不同單位安排成梅花座，讓平時沒機會談話的職員交流感情。這是她當幹事五年來，自行磨練的一套竅門。

一個小時過去，大家不再按座位坐，各自跑去別桌聊起天來。

五張並排的長桌傳來歡聲笑語，角落裡也有些人聚在一起竊竊私語。中央座位，遠山正在對新人訓話。新人雖頻頻點頭，但一看就知道只是在敷衍。

「咦！小勝負學長是那篇科技巨擘論文的作者？美國的公平會可是引用了其中的內容呢。」坐在白熊旁邊第二個座位，才入廳第一年的菜鳥須藤驚呼道。

「對啊。」小勝負嫌麻煩似的點點頭。「去哈佛前抽空寫了一下。」

坐在須藤對面的小勝負頂著一貫的臭臉回應。

「太厲害了！我在法學院的時候，就是參考小勝負學長的論文在講座發表。」

白熊也聽過小勝負的論文得過某些獎。

在全世界擁有支配性影響力的科技巨擘獨占市場，提供高品質的訂閱服務，網購也變得方便。許多人認為市場受到獨占，競爭消失，但這對國民的生活帶來了利益，因此結果看似良好。

但這真的算得上民主而健全的國民經濟嗎？國民只是接受絕對王者提供的服務，毫無選擇的餘地。王者施與的幸福，真的能稱為幸福嗎？

並不是說只要對國民生活帶來利益，什麼都好。持續的競爭仍然是必要的。據說小勝負的論文正是探討這樣的內容。

「學長到底是怎麼寫出來的？」須藤問道。

「一個字一個字寫出來的。」小勝負索然無味地啃著毛豆。

「呃，我不是那個意思啦！」須藤拍著雙手，誇張地大笑。

「學長花了幾個月完成？是在哪裡做的研究？」

「咦？我不到一個星期就寫好了。」小勝負說完，一臉驚訝地看著須藤。「在從事制定指引原則的工作時，我就讀過必要的論文，自己也有一番想法……接下來只要在電腦上打出來就好了。」

「天哪！」小勝負的周圍爆出驚呼聲。

看來小勝負在政策部門的職員中大受歡迎。小勝負平常不參加飯局，都是白熊硬拖他來，現在看來這番努力是值得的。事實上，也有政策職員跑來向她提議，希望讓新進人員聽聽小勝負談話。

審查職員奉行現場主義，多半是透過國家公務員一般考試進來的，俗稱非特考組。相對地，政策部門則涉及《獨占禁止法》的解釋和運用，因此許多職員都來自國家公務員綜合考試，俗稱特考組。不光是法律系畢業生，還有不少出身法學院的人，有些人甚至擁有律師執照。簡單來說，這是一群非常會考試的優等生。對白熊而言，他們就像高不可攀的存在。

小勝負顯然更適合政策部門。事實上，政策部門的職員對小勝負讚譽有加。在審查部門工作得滿身大汗，任何人都會覺得心煩氣躁吧。更別說好不容易留學回來，卻被派到審查部門，這正是公務員可悲的宿命。

「嗨，辛苦了。」守里端著啤酒杯，坐到白熊旁邊。

「總算可以喘一口氣了。開喝了嗎？」

守里酒量很差，卻很愛喝酒。她只要一喝醉，肢體接觸就會變多。今天也一下子就醉了，環住白熊的肩膀抱上來。她壓低聲音，在白熊的耳邊說：

「那，那件事怎麼樣了？」

「哪件事？」

「喏，就徹也的事啊。他的前女友不是聯絡妳？」

「哦，那件事啊……」

被提起了一直避免去想的話題，白熊的心情又跌到谷底。

兩人一起吃午飯的時候，白熊將大致的狀況告訴守里。雖然不是告訴別人就能解決的事，但有人聆聽，心情多少會輕鬆一些。

「沒什麼進展。後來和徹也見了幾次面，還是什麼都問不出口。」

「咦，為什麼？」

「就很難開口啊。」白熊囁嚅地說。

她明白這是自己的壞毛病，容易任由事情過去，或者索性拋下麻煩事不管。

「明明聽取陳述的時候，妳就敢大剌剌質問對方一連串難以啟齒的問題，怎麼遇到自己的事，卻變得這麼畏縮？」

守里的一雙大眼直盯著白熊，流露出無法理解的神情。

「婚禮正在籌備，我哪裡開得了口？場地都預約了，也差不多要私下確認發送喜帖的來賓是否出席。過年還得去他老家問候。唔，這或許不重要，不過，今年的聖誕節不是星期六嗎？他要我那天晚上留給他，似乎預約了不錯的餐廳。這根本就是要開口求婚的節奏嘛。」

「妳怎麼能拖成這樣還不說啦？要是一接到那女人的電話就立刻逼問他，很多事都能在那瞬間按下暫停了。」

拖得愈久，就愈難開口。正如守里所說，她應該立刻攤牌。

「妳說的沒錯。可是，萬一我問了，他直接坦承『對，我偷吃過』，我也不曉得該怎麼回他。」

「不用想該怎麼回，總之問就對了。等聽到他的回答再來煩惱就行了。」守里說得輕描淡寫。

守里和大學研究室的同學在念書時就結了婚，現在正在備孕。她那種順其自然，不斷前進的態度讓白熊覺得格外耀眼。相較於自己拖拖拉拉交往了五年，即使得知對方偷吃也動彈不得的白熊，兩者的處境可說天差地遠。

不經意地瞄了一眼手錶，八點四十五分。

「差不多該結束了。」白熊匆匆起身，去找安排終場致詞的上司。

續攤的尾聲，遠山主動來找白熊說話。約有一半的人移動到附近的葡萄酒吧續攤。離末班車還有段時間，大夥一個個道別離開，但也有人仍趴在桌上呼呼大睡，或是莫名其妙地大笑出聲。

「這次七瀨的聽取陳述，妳要不要負責？」遠山以旁人聽不見的聲音說道。

白熊吃了一驚，轉頭望著遠山。遠山喝了酒，臉色酡紅，表情卻嚴肅得令人不敢直視。

「可是，桃園姊說要讓小勝負負責……」

「小勝負說可以讓妳來。」

白熊不著痕跡地環顧店內。小勝負在第一攤結束就回去了。他是白熊勉強拖來參加的，光是肯來尾牙就令人感激。她本來就不認為他會留到續攤。

「小勝負說妳反而是最適任的，還強調最好在七瀨的傷口上抹鹽。七瀨之前不是誣賴妳嗎？小勝負認為她現在應該多少感到內疚。要是妳在這時候出現，她或許會因為心虛而全盤托出。」

「什麼嘛？這是哪門子心理戰術？」白熊整個人愣住了。

「我剛才說的是小勝負的建議。但我也覺得由妳來負責，對妳比較好。若是包庇聽取對象，放過犯罪情事，會影響審查官的信用。因此這次妳要確實做好筆錄，洗刷汙名。如何？要試試看嗎？」

白熊陷入沉默。自己真的可以嗎？她感到迷惘。

她已經給遠山添了許多麻煩，要是這次聽取不順利，又會被責備包庇業者。若只有她被責備也就罷了，但最後還是會被歸咎到遠山身上。她不想讓遠山一再失望。

「我想試試看，可是……」

「那就去做。」

不容辯駁的語氣。

就是這樣說話，遠山才會被檢舉權勢欺壓。新進職員或許會感到畏懼，然而，白熊從不覺得遠山可怕。她將雙手拇指壓在眼頭上方，該思考的事情太多，頭好痛。此刻，她不曉得該如何面對七瀨。心中烏雲密布。

「我明白了。我來。」她猛地抬起頭。

「但是我很不安。一想到萬一又像豐島先生那樣……」

「所以要做好萬全的準備。聽取最重要的就是準備。」遠山斬釘截鐵地說。

「對方的處境、生意狀況、相關證據，全都要滴水不漏地調查清楚。這樣才能真正貼近業者。豐島的事件，並不在於聽取陳述時關懷不足，而是案件整體調查不足。若能確實掌握物證，就算從涉案人士口中問不出半句證詞也不要緊。豐島的證詞之所以如此關鍵，都是因為物證不足。」

確實，豐島的案子中，物證並不充足，因此無可避免地只能依賴涉案人士的證詞。正因為證詞如此關鍵，作證的豐島才會陷入艱難的立場。

「但這次沒問題。證據方面，小勝負幾乎都整理好了，對方無可抵賴。小勝負準備得如此齊全，才將聽取陳述的責任讓給妳。妳明白這意味著什麼嗎？」遠山的目光堅定。

白熊點了點頭。

小勝負幾乎快辦完案件了，卻將功勞讓給她。她內心升起無比的歉疚。

但也正因如此，她猶豫自己真的能接受這份好意嗎？

「小勝負那麼辛苦調查，真的可以嗎？」

「沒問題的。石田正樹好像快被放出來了。我會讓小勝負負責那邊。而且，說要叫妳應付七瀨的不是我，是小勝負。不要辜負他的好意。」

一份沉重感像石頭般壓在腹底。她不曉得該說什麼好。小勝負總是平淡地工作，似乎對表現和升遷毫不在意。白熊也不是野心勃勃的人，但問她能如此大方地將功勞讓給別人嗎？她沒有自信。

她盯著眼前的酒杯，活動時都忙著履行幹事的責任，幾乎沒有沾酒。

「我曾經說，我不喜歡看起來一副很聰明的人。這是成見嗎？」白熊低聲說道。遠山忍不住拍手大笑：

「哈哈哈，妳這麼說過嗎？感覺就像妳會說的話。」

隔週，白熊立刻找小勝負討論。蒐集到的證據、要聽取的內容、石田夫妻和雲海的關係。聽得愈多，白熊的情緒就愈平靜，內心逐漸變得篤定。

不能讓這些調查白費。

必須揭發違法行為。

雖然沒必要拋棄溫情，但該做的工作總要做好。

「妳做好將小獅子推下山谷的覺悟了嗎？」討論結束前，小勝負問白熊。

白熊默默點頭。

雖然不甘心，但小勝負是對的。

◈

下午三點，七瀨在約定時間準時現身。

白熊在霞關的中央聯合辦公大樓一樓等候。她將訪客名牌遞給七瀨，領著她前往八樓的詢問室。

七瀨穿著一襲淡灰色洋裝，款式成熟高雅，但與她稚氣的氣質完全不搭，看起來就像小孩穿大人衣服。

遠山在詢問室裡等候著她們。白熊讓七瀨在靠裡側的座位坐下後，自己和遠山在靠門的一側坐下。

「謝謝妳來這一趟。後來身體狀況還好嗎？」白熊關心地說。

七瀨只是低聲回應「嗯，還好」，似乎不打算熱絡地應對。白熊不在意，繼續說：

「針對花店同業涉嫌彼此串通，限制飯店的商業交易，同時排擠新進業者，我們想聽聽妳的說法。關於這件事，妳有什麼想陳述的嗎？」

一開始盡量不誘導，直白地提問。

不出所料，七瀨只應了一聲「沒有」，接著再也不吭聲。

白熊出示幾份列印出來的郵件內容，繼續發問：

「妳對這些信有印象嗎？」

七瀨探出身體，閱讀紙上的文字。

「是從我的信箱寄出的。但我不記得寄過這些信。」

「怎麼可能不記得？這個信箱只能從妳的手機操作，不可能是妳以外的人傳的。怎麼樣？再讀一次，想起來了嗎？」

人在心理上會抗拒承認撒謊，因此替對方準備臺階，讓對方能改口「可能是我記錯了」或「再看一次就想起來了」，也是很重要的策略。

七瀨盯著郵件內容幾秒鐘，終於說：

「我沒什麼印象。但既然有這樣的信，應該就是我寄的吧。」

上頭的內容是寄給其他五家花店的信，是在青柳的「布可杜菲」花店拿到和「S雅緻飯店」的合約後寄出的。

『這根本違反協定。聽說S雅緻飯店不甩我們花店，找上了青柳做生意。各位，就像我們以前說好的，從今以後，不要再和S雅緻飯店往來。』

內容無可狡辯。

「這裡說的『違反協定』，是指什麼？」白熊質問。

七瀨露出不滿的神情。

「即使沒有妳的證詞，光憑物證就足以做出處分。但我們仍請妳過來，是因為若妳願意誠實地作證，對妳更有利。」

七瀨咬住下唇，沉默不語。

「那我換個問題。聽說『石田花店』要納入天澤集團的旗下。」

「妳怎麼會知道？」七瀨的聲音乾啞。

「我們也同步向天澤集團的相關人士問話，當然早就掌握相關資訊。」

「既然這樣，你們也明白這件事根本不重要吧。就算花店倒了，外子和我也能進去天澤集團工作。公平會要不要處分都無所謂。雲海先生救了我們。」

「救了你們？大錯特錯。七瀨女士，妳沒發現你們被雲海設計了嗎？」白熊以壓抑的語氣說道。

這是她和小勝負通盤討論後擬定的一套說法。

「聽著，七瀨女士，『石田花店』是被雲海搞垮的。」

「什麼意思？」七瀨的頭猛地抬起，眼睛瞪得老大。

「首先是罌粟。聽說事發一星期前，正樹先生請雲海到店裡協商交易條件。」

「嗯，但我當時出去送貨，不在店裡。」

「那時，雲海似乎就注意到那批罌粟。聽說天澤集團僱用的園藝師，曾在其他飯店的庭院栽種罌粟，湊巧被參加婚宴的警察發現，提出了客訴，這件事引發雲海震怒。有了經驗，後來雲海對違法植物就變得非常敏感吧。拜訪『石田花店』時，他也立刻發現了罌粟。

據說正樹先生不斷向雲海道歉，懇求他網開一面。」

「我沒聽外子提過這件事。」

「他應該沒告訴妳。他連對自己的律師都沒有說過。前段時間我們拜訪律師，律師判斷正樹先生或許受到某人恐嚇，那時我們就推斷，八成是雲海察覺了罌粟的事，並藉此脅迫正樹先生。但既然現在事情已經曝光，也就沒必要再隱瞞。最近，正樹先生也終於向律師吐露了整件事的來龍去脈。」

在石田本人同意下，磐田律師將這件事告知公平會。

「雲海和正樹先生之間形成了支配與被支配的關係。前陣子，也就是正樹先生持刀攻擊雲海的那天，他打電話給雲海。這已經是不曉得第幾通的道歉電話。雲海當時說：『如果你希望我原諒你，就帶著菜刀來餐飲街。』正樹先生便照做。公平會的小勝負和我正巧目擊現場，並當場制服了正樹先生。」

「外子其實並不打算傷害雲海先生嗎？」

「是的，正樹先生從一開始就是這樣辯駁的。」

不打算傷害雲海的說詞，從頭到尾都未曾翻供。然而，連妻子七瀨都不相信丈夫的辯解。

這形同石田對他何以在現場的經緯撒了謊。石田聲稱當初不想讓違法植物的事曝光，但事到如今沒必要再隱瞞，因此改變了證詞。

「正樹先生是因為雲海才會被逮捕。幾乎可說是遭到雲海陷害，才成了罪犯。」

「為什麼雲海先生要這麼做？」

「有兩個可能。首先，當時我們有兩個人在跟蹤雲海，雲海想要確認是誰在跟蹤他。只要驚動警方，就可以查出跟蹤者的身分。」

這是白熊想到的說法。

「再來，雲海先生想要你們的花店。只要將正樹先生逼到窮途末路，支配他的可能性就會提高。或許兩者都是他的目的，企圖一石二鳥。」

「可是，就算侵占這種小店，又能怎麼樣……」

「妳知道雲海最近四處收購的業者，有哪些共通點嗎？」

「不知道……」七瀨露出訝異的神色。

在小勝負指出這點之前，白熊完全沒有發現。七瀨雖然是當事人，但沒發現也很自然。

「產地標示不實的珍奶店、廣告誇大不實的冰沙店、向刊登廣告的廠商收取不當回扣的地方刊物，全是涉及違法行為的業者。對於小規模業者犯下的微罪，警方並不會為了這點小事查案。這些業者被收購之後，便停止了違法行為。這是因為雲海在盯著他們吧。

雖然自以為是，但或許他是以自己的一套作法在改革業界。之前，他也曾宣稱『是地方需要』。的確，雲海收購的都是S市周邊商家。」

「我們花店也……」七瀨的聲音顫抖。

「我們花店也是因為罌粟的事，才會被他盯上？是這樣嗎？」

「嗯，是雲海告訴妳罌粟的事，對吧？他還要妳將花苗收進後場，他會再過去處理。那麼，後來雲海去處理了嗎？」

「沒有。」

「緊接著雲海就上了電視，在全國觀眾面前告發花店聯合排除新業者的醜聞。於是，公平交易委員會被迫發動稽查，進而發現了罌粟。都是因為雲海採取的行動，『石田花店』才會被逼到絕境。」

「聽妳這麼一說，確實如此……可是，以結果來說，也是他救了我們吧？過去在生意上他也相當照顧我們，而且做錯事的是我們，我實在沒辦法去恨雲海先生。實際上，雲海先生收購的店鋪也都停止了違法行為，繼續營業吧？像珍奶店，聽說最近還推出不少新商品，業績逐漸成長。從結果來看，雲海先生所做的，反倒對這個社會更有益？」

七瀨的反應如同白熊預期。然而說歸說，倘若這種事發生在自己身上，恐怕也難以怨恨對方。

白熊感覺像看到了自己。

明明對方踐踏了自己，卻無法生氣。面對無從對抗的敵人、遭遇巨大的不合理時，即使想去恨誰，也只會讓自己變得更痛苦。相信自己不恨對方、錯在自己，要輕鬆多了。靠自己的雙腳站立對抗，艱辛無比。讓優秀的支配者指揮，像棋子一樣唯命是從，要安逸多了。但是，這樣真的幸福嗎？

「七瀨女士，既然妳已經答應加入天澤集團旗下，正樹先生早晚會被釋放。雲海會用『是我誤會了』之類的理由撤銷告訴。你們會成為天澤集團底下的花店，聽從集團的指示進花、裝飾，往後會是這樣的每一天。七瀨女士，妳曾說過，即使是平凡無奇的一天，只要買點花裝飾起來，就會變成美好的一天。這份想要努力為當地人提供微小幸福的心意，妳的初衷還在嗎？」

七瀨眨了眨眼，驚訝地睜圓了眼睛，看著白熊。

「妳還記得我的話？」

「不是我，是我的同事小勝負，他記得妳說過的一字一句。他的記憶力很好。」

七瀨陷入沉默。她垂下目光，似乎在思索什麼。

一分鐘、兩分鐘過去。

白熊想要開口，但遠山從旁制止，暗示她給七瀨時間做出決定。

「有紀錄。」七瀨的聲音細不可聞。

白熊沒有催促，靜靜聽她說。

「外子事先交代我，如果公平會來稽查就藏起來。包括天澤集團提出過分要求時的錄音，還有外子記下的過程等。外子害怕要是被發現是我們提供的，天澤集團就不會再和我們做生意。這些能用來調查天澤集團對供應商的欺壓嗎？」

七瀨以泛著淚光的眼睛看著白熊。

「妳願意提供這些紀錄嗎？」

「願意。只要你們願意揭發天澤集團的惡行，我也會對花店的違法行為坦承不諱。我不希望只有我們做錯事被揭發。」七瀨靜靜地說。

「石田花店」從十幾年前就聯合其他花店，鞏固彼此的交易關係。直到青柳開了「布可杜菲」，他們雖然感到焦急，想方設法，最終「S雅緻飯店」仍決定不再與他們續約。

「加入天澤集團旗下的事，妳打算怎麼處理？」

聽取結束時，白熊問道。七瀨筋疲力竭地說：

「我也不曉得。我現在腦中一片混亂，無法思考。對了，雲海會知道是我告發的嗎？」

白熊猜出七瀨的擔憂。

「還不會。即使哪天他知道了，也是實際做出處分幾個月後的事。在那之前，正樹先生早就被釋放了。」

「唔，妳說他可能在幾個月後知道？」

「很遺憾，是的。畢竟做出處分後，對方可能會提出抗告。如此一來，雲海應該會要求開示證據。」

七瀨低下頭，眉心糾結。

她害怕被報復。

不過，雲海不至於做出危害人身安全的事，但極可能將「石田花店」從當地的生意排擠出去。有時作證者會因此被迫搬遷。

「如果因為作證，導致花店的生意受到妨礙，請通報公平會。我們會保護你們。」

七瀨點點頭，垂著肩膀離開。

臨別之際，白熊最多只能說「請保重身體」。其實或許還有更應該說的話。

請妳好好活下去。請不要選擇自殺這條最糟糕的道路。請平安生下寶寶。白熊內心有好多話想說，卻只能全吞下肚。

因為那是七瀨的人生，白熊能干涉的有限。她只能相信七瀨，在一旁守護她。只要在白熊的職責範圍內，七瀨前來求助，她就會全力協助。

這是白熊的母親三奈江做不到的事。三奈江總是干涉白熊的一切，插手她的生活。但她並不怪母親，她明白這是因為三奈江對她的母愛太深。但說到底，三奈江只是希望自己安心。

在一旁默默守護，竟是如此難熬的事嗎？苦澀的情緒在心胸蔓延開來。但這種苦，卻絕非令人難受的苦，反而伴隨著視野驀然拓展開來的爽快感。

回首過去的自己，那份不成熟讓她鬱悶。與此同時，往後人生道路的艱辛，也令她頭暈目眩。為何這條路會如此坎坷？明明我只是活著，盡力做好我的工作而已。她痛恨自己的笨拙，卻也心生憐惜。

回到大辦公室，遠山關心她：

「妳還好嗎？」

他難得留意白熊的臉色。

「嗯，我沒事。我立刻整理聽取內容。」

遠山笑逐顏開，大力拍打白熊的背。

「幹得好！今天聽取的內容，完全足以揭發花店的不法行為。不僅如此，也得到了天澤集團欺壓供應商的證據。這是很大的進展。」

「嗯，是啊。」

「怎麼啦？這麼沒勁。」

「我雖然負責聽取，但一半以上，或者說幾乎全部都是小勝負的功勞。要問什麼、說什麼，也都是事先一起討論出來的。」
白熊注視著正對面的座位。
小勝負似乎去聽取別的案子，整齊的桌面感覺不到一絲人味。
但小勝負確實是個有血有肉的人。
「妳在說什麼？以結果來說，問到證詞的人最了不起。不論過程出了什麼差錯，或利用別人整理的調查結果去問話，這些都無所謂。做出成果的人才能往上爬，懂了嗎？」
遠山正經八百的口氣，讓白熊忍不住笑了。
出自升遷無望之人口中的升遷論，意外具有說服力。

2

長澤俊哉滿懷躁動不安的情緒，目送兩個女兒出門。妻子一大早就出門兼差了。
對於自己倒映在玄關鏡中的身影，他假裝視而不見。
他幾乎無法正視穿著洗舊的灰色休閒服的自己。年過三十，啤酒肚就跟隨了他十幾年。
然而，年近五十，他覺得整具身軀就像失去了彈性的橡皮般，軟趴趴地下垂。早年胖歸胖，但印象中還是比較結實。

而且──短短兩星期前，他還穿著飯店的制服。

長澤原本是「天澤飯店Ｓ」的經理。飯店制服讓他邋遢的身形變得無比威嚴。一脫下制服，卻像魔法解除般，原形畢露回難堪的自己。

走出玄關，繞到車庫，提起一罐煤油。戶外空氣冰寒徹骨，沒戴手套的手都凍僵了。周圍覆上了深邃的積雪。

長澤住在離溫泉區約二十分鐘車程的山間田園地帶。是一棟背對山坡的傳統平房。回到家，補充客廳暖爐的煤油，確認溫度。

客人快到了，是公家單位公平會的人員。他知道沒必要特別款待他們，但服務業做久了，身體自然而然地動起來。

約好的早上九點整，他們準時抵達。

是一對年約三十的年輕男女。穿著西裝，一副社會人士派頭，但他們也和長澤一樣，只要一褪下西裝，就會被打回原形。

長澤不想被人看出此刻的可悲，他也有自己的尊嚴，所以刻意穿著一身灰色休閒服迎接，表現得毫不在意。

「只能三十分鐘喔，內子就快回來了。」他以傲慢的語氣提醒。

其實妻子和孩子要過中午才會回家，長澤自己也沒有其他事要忙。他設下限制，只是想盡可能占據優勢。連他自己都覺得這副態度實在不自然。

將兩人領到客廳，隔著暖桌面對面坐下。

「聽說你辭掉飯店的工作。」

小個子的女人，自稱白熊的職員開口。長澤認得她。公平會對「天澤飯店S」發動稽查當天，長澤抱著筆電逃走，追趕他的正是這個女人。

長澤明明開車，這女人卻騎著老舊的淑女車，以驚人的速度狂追而來。那膽識就像一旦咬住就打死不放的鱉。長澤不只是大驚失色，簡直寒毛直豎。

現在他們也像這樣，特地跑來深山拜訪。他們一直請長澤前往霞關應訊，長澤始終不理，於是他們就主動上門了。死纏爛打，教人受不了。

「也不是辭職，是被開除了。你們應該已經聽說了吧。」長澤自暴自棄地說。

他們一定以為被開除的人，會做出對前職場不利的證詞。這讓他感覺被看扁了，實在氣不過。他在飯店做了超過三十年，認識每一個職員，和他們就像一家人。就算離職了，他也不可能出賣同事。

「方便請教你辭職的緣由嗎？」小個子的女人問道。

什麼方便請教？長澤在內心咒罵，但沒有表現出來。他不想被看出自己對於遭到開除一事耿耿於懷。

他刻意簡短地說：

「你們還有臉問這個。還不是因為你們來稽查，害我做出了不當的行動。湮滅證據可能構成犯罪對吧？所以我才被老闆狠狠地刮了一頓。最終還只能以自願離職的形式離開。」

「只因為你帶走筆電……就開除你嗎？」

「雲海先生有潔癖。該怎麼說，他擁有強烈的正義感，並設下一條無法退讓的底線，只要越線，就沒有第二次機會。他從以前就是這樣。」

要說是權勢欺壓，這也算得上權勢欺壓。但很多時候，雲海只是口氣比較嚴厲，但見解是對的。雲海不僅精明，還膽識過人。

「你做很久了嗎？」

「超過三十年了。」長澤不帶感情，公事公辦地回答。

長澤從雲海的父親就任社長時便進入飯店。社長是個典型的富家大少，不拘小節，為人大度，還願意僱用長澤這種曾誤入歧途的高中輟學生。若論膽識，社長或許更勝兒子雲海一籌。

但雲海也不簡單，他擁有社長所缺乏的敏銳與力量，是個值得追隨的老闆。因此被雲海掃地出門時，長澤感到無比震驚。

「你為飯店奉獻超過三十年，卻只因為一次不當行動，就要求你離職嗎？」

我剛不就這麼說了嗎！長澤真想放聲怒吼。公務員就是這樣，惹人反感。頂著一張文弱白淨的臉，卻這麼沒神經拋出失禮的問題。

「對啊。我剛才不就說了嗎？也有其他職員遇到一樣的事。雲海先生很嚴格，但他並不是壞人。這次也是，雖然我必須離開飯店，但他同時介紹我去天澤集團的關係餐飲企業任職。他很照顧我，我也對他很忠心。所以，就算我離開了飯店，也沒有什麼可告訴你們的。」

自稱白熊的女人眼神變得銳利，直視長澤。

「那臺電腦裡面存了什麼資料？」

「無法奉告。」

實際上，長澤也的確什麼都不知道。

雲海告訴他，那臺筆電是用來記錄某些收支，除了雲海以外，沒人會使用。長澤只被命令要嚴密保管。

因此稽查當天，長澤情急之下才帶走筆電。不過，雲海的說法是，裡面沒有任何不利的資料。他護主心切，還企圖丟棄筆電，全成了徒勞。

既然如此，雲海根本沒必要命令長澤嚴密保管。這一點也讓長澤感到困惑。即便筆電裡的資料不會對雲海不利，應該也十分重要。雲海的指示稱不上不合理，但他相信其中必有原因。

「我不可能背叛雲海先生和天澤集團對我的恩情。」

「這樣真的就好了嗎？」

保持沉默的高個子男人開口了。他面無表情，冷冰冰地注視著長澤。

「你要永遠包庇將你視為棄子的將軍嗎？你不斷欺騙自己，聲稱對方有恩於你，但說穿了，你只是害怕雲海。只要順從，就有甜頭可嚐；若是作對，往後就別想再混下去。你無法直視那個被迫服從的弱小的自己，才偽裝是有情有義的員工。」

若是平常，長澤或許已經吼回去：「你懂什麼！」他們完全不了解雲海。長澤確實對雲海充滿了尊敬。然而，這一刻，他卻啞口無言。

對方說他害怕雲海，完全說中了。

一直以來，他從來沒有將自己對雲海的觀感以言語表達出來，也不曾深入思考這件事。但原來自己是害怕雲海嗎？說不怕是騙人的。

他確實害怕雲海。畢竟，要是被雲海討厭，他就不必在飯店做下去了。

「小勝負，你少說兩句。」旁邊的女人想要制止男人。長澤冷眼看著。

男人不理會，接著說下去：

「這個地方有許多和你一樣的人，害怕巨人，畢恭畢敬地過活，免得被巨人一腳踩死。

這樣下去好嗎？」

「你們這種年輕人懂什麼？」

長澤的聲音乾涸，微弱且沙啞，甚至無力提高聲量。

眼前的桌面中央，擺著廣告單摺成的小紙盒。是妻子摺的。裡面裝著糖果，但他們限制女兒一天只能吃一顆，否則會蛀牙。

紙盒微微晃動，沙沙作響。長澤察覺到自己抓住桌板邊緣的手不知不覺間在顫抖。

「我和你們這種菁英公務員才不一樣，我是從基層努力爬上去的。只要能糊口什麼都好。不是說職業不分貴賤嗎？不論是飯店還是餐飲店，只要有工作就好。」

「怎麼可能什麼工作都好？」男人的聲音變大了。「你在飯店服務超過三十年，應該對這份工作感到十分驕傲。如今卻叫你從明天起去餐飲店上班，你怎麼可能接受。」

「你們走吧！我覺得很不舒服。」

長澤氣到全身發抖，站起來打開客廳的門，努努下巴，示意兩人離開。

還特地為這些人打開暖爐，他覺得自己真是蠢到家了。

不必擔心生計的公務員懂什麼？他當然想留在飯店。但既然雲海說要開除他，那就沒有轉圜的餘地。

就算去其他地方找工作，附近的飯店也不可能僱用他。他還有家庭要養，要是搬家，就得逼女兒轉學，妻子也得另覓兼職工作。

能留在這個地方工作、生活，那是最好的。而雲海給了他這樣的機會。雖然得進入全然陌生的領域，但他無法奢求，只能在被施予的範圍內，過著堪稱幸福的生活。

「好了，你們回去吧。」長澤又說了一次。兩人起身，沉默地走向玄關。

正當長澤以為總算送走了瘟神時，女人回頭問道：

「你的女兒幾歲？」

「什麼？」

意想不到的問題。長澤一臉錯愕地問：

「妳怎麼知道我有女兒？」

「客廳柱子上貼了好幾張貼紙，那是卡通角色吧？聽說小女生都很喜歡那部卡通。」

是十二歲的大女兒還在讀幼兒園時貼的。每一張都已經褪色。

「我父親本來是警察，但做到一半離職了。他對警察的工作充滿熱情，身為女兒的我也希望他能一直做下去。可是，唔，我父親似乎也滿享受他的第二人生，最近我開始覺得或許這樣也不錯，不過……抱歉，說些無關緊要的事。打擾了。」

女人在玄關行了個禮，像要將男人拖走似的離開了。長澤茫然地目送兩人的背影。

昨天，七歲的小女兒才對他說：「爸爸已經不穿飯店制服了嗎？我好喜歡那件制服呢。」那件應該要清潔後歸還的制服，還掛在衣櫃裡。雖然已經洗好了，但他遲遲沒有歸還。

三十多年來，他兢兢業業地為飯店奉獻。雲海雖嚴格，卻並非蠻橫無理的人。如果只因為一次失誤就開除他，表示必定是相當嚴重的失誤。

雲海宣稱筆電裡並沒有見不得人的資料，但他似乎企圖隱瞞什麼，或是面臨某些困境。如果真的遇上困難，為什麼不依靠下屬？長澤內心略感苦澀。倘若雲海願意求助，底下的人肯定會大感振奮。擁有出色能力的雲海，總想要獨力掌控一切。

長澤多年來在雲海底下做事，雲海卻壓根沒想過依賴他。這個事實讓長澤感到悵然。疲倦突然一口氣湧上心頭，身體彷彿千斤般沉重。比起自己因犯錯被開除，雲海完全不打算指望他這一點，更讓他受到打擊。

不過，雲海究竟受到什麼事困擾？他明白自己刺探這些也無濟於事。他雖害怕雲海，但雲海畢竟對他有恩。要是讓雲海繼續獨力扛起一切，遲早會自我毀滅。難道就沒有什麼自己幫得上忙的地方嗎？

長澤自然而然地拿起手機，撥打婚禮部門長碓井的號碼。

碓井比長澤晚五年進飯店，兩人共事二十幾年。碓井不擅於融入群體，但工作表現不錯。若說長澤是雲海的右手，碓井就是左手。

「啊，長澤兄。」碓井以輕鬆的語氣接起電話。

「現在方便講電話嗎？」

可能是從長澤的語氣中聽出了端倪，碓井說了聲「請等一下」，隨即傳來窸窣聲，應該是換個地方通話。

「雲海先生最近是不是在煩惱什麼事？」

長澤將他的想法告訴碓井。之前他已經簡單交代過自己被開除的過程。接著說，雲海會開除像自己這樣資深的老員工，是不是被逼急了？

「哈哈，原來啊。」電話另一頭傳來乾笑聲。

「長澤兄，請冷靜一下。我了解你的心情。」碓井的語氣似乎變得更輕浮。

「唔，老實跟你說吧，你誤會了。其實公司正私下進行裁員，對象就是領高薪的管理職。但要是走正規手續裁員，離職金等開銷過於驚人。所以，只要遇上有人犯錯，就會拿來作為逼人自願離職的理由。長澤兄本來就在裁員名單裡……」

「……」

「明明再也沒有比你對這家飯店更忠心耿耿的員工，卻落得被開除的命運，還在替雲海擔心。很多員工早就對雲海死心啦。」

「那……那你呢？碓井？」長澤勉強擠出聲音。

「我嗎？我也一樣啊。對了，我升官了。現在是飯店經理。」

長澤啞口無言。

長澤被趕走，碓井卻坐上了他的位置。

「說到底，雲海還真是沒有看人的眼光，居然趕走忠心耿耿的長澤兄，留下我這種人。」碓井嘲笑地說。

長澤將手機從耳邊移開，怔怔地環顧客廳。柱子上貼著淡紅色和水藍色的貼紙，桌面上以廣告單摺起的紙盒子，他渺小的尊嚴，都是為了保護這樣的生活。

一切的景色都遠離了，下一秒，彷彿有什麼在心底炸開。

「喂，等一下。」長澤將手機貼近耳邊，對碓井說：

「我還在消化有薪假，也就是說，目前我還是飯店經理。你明白這是什麼意思吧？」

電話另一頭沒有回應。不知不覺間，電話早掛斷了。

長澤緊抿嘴脣，起身走向房間衣櫃。他注視著吊掛在裡面的制服，緩緩地伸出手，喃喃道：

「再麻煩你一次了。」

3

霞關中央聯合辦公大樓十樓，大辦公室裡傳出歡呼聲。

星期三下午三點，直到上一刻還因為疲倦和睡意而混濁的空氣一掃而空。

「決定祭出排除措施命令了。」

聽了風見的話，白熊大大鬆了一口氣。

「是栃木縣S市，六家花店聯合排除新進花店的案件。正式決定還要一段時間，但已經朝做出排除措施命令的方向調整。正式處分下來後，也會盛大召開記者會。我們絕對不會再讓人說公平會尸位素餐。總之，先下一城。」

這是進入十一月後展開調查的案件。規模雖不大，但能在十二月中旬就結案，可算是超乎尋常的速度。

與S市相關的案子有三起。

首先是飯店婚宴費用調漲的聯合行為。起初，公平會想調查的正是這起案子。但因雲海從中作梗，至今依然擱置。

接著是「天澤飯店S」欺壓供應商的案件。此案在檢方的指示下展開調查。檢方似乎認為安藤的殺人未遂案中，歹徒無疑是石田，但最終未能取得可信的證詞，石田因而獲釋，偵查陷入瓶頸。應該是雲海在背後運作。

至於天澤集團的飯店中，公平會持續調查「天澤飯店S」以外飯店對供應商的欺壓情況，並已鞏固部分證據。然而，由於無法對「天澤飯店S」展開稽查，證據仍顯不足。風見和雲海談判多次，依然得不到稽查許可。

第三起案件是六家花店的交易限制。這些花店限制飯店的交易，排擠新進花店，後因雲海上媒體告發，公平會決定出面調查。在調查第一個案子的過程中，開始調查第二個案子，而在調查第二個案子的過程中，又開始調查第三個案子。隨著案件推進，規模和重要性愈來愈小，這次只成功糾舉了最小的第三個案件。

擱置中的第一個案件，以及調查遇上瓶頸的第二個案件，依然懸而未決。雖看似前進了一步，但整體來說，仍是被雲海壓著打。

「太好了！」「辛苦了！」大辦公室內陸續傳出彼此慰勞的打氣聲。

白熊內心也湧出一絲成就感。過程雖坎坷，但她確實取得證詞，送出了案子。而且，七瀨目前似乎過得不錯。至少她努力生活著，「石田花店」也仍在營業。丈夫正樹回來後，部分顧客也回流了，雖然不知道未來會如何，但光是石田夫妻能平安度日，就讓她覺得卸下了肩上的重擔。

桃園轉動椅子，面向白熊，耳上的長型耳環輕盈地搖曳。

「太好了，只要案子能送出去就好。我們是團隊，不需要因為自己的失誤而悶悶不樂。」

白熊只能點頭。

她一度偏袒調查對象是事實。雖然後來靠著問出證詞挽回了面子，卻無法抹消這件事的影響。就連挽回的成果，也多虧小勝負的貼心，以及遠山的協助。

白熊望向對面的小勝負。他的臉上看不出感慨，目光依然專注於手中的資料。因為遲遲沒有迎上他的眼神，白熊也找不到機會道謝。

「不過，有個稍微可惜的消息。」風見回到自己的辦公區，壓低聲音，對白熊等人說：「剩下的兩個案子，天澤集團欺壓供應商的案子，調查期限只到年底。上頭定下方針，如果年底前證據仍不齊全，就只處理S市以外的部分。」

「為什麼這麼急著處分？」白熊問。

「不曉得，似乎有壓力。我猜是雲海幹的好事。」

「可是，還是得查緝S市以外的飯店吧？雲海只妨礙S市的查緝，也太奇怪了。」

「不，S市以外的查緝對象，都不是雲海負責的。只要守住『天澤飯店S』，雲海就能毫髮無傷，繼續往上爬，穩穩地坐上下一任社長的寶座。」

「年底？根本沒時間了嘛。」桃園嘆了口氣，望向桌曆。離今年最後一個工作天，剩不到兩星期。

「有任何進展嗎？上次你們去找長澤，有什麼收穫？」

聽桃園問起，白熊搖了搖頭。

「長澤很忠心，從他身上問不出線索。但我們透過其他管道，得知了一些事。」

白熊指著被稱為「隼鳥」的電腦說：

「之前被丟進河裡的筆電資料已經復原，現在都放進隼鳥了。」

上個週末，DFT的守里通知資料復原完畢，蒐集到的證據幾乎全部數位化，集中在這部專門用於閱覽證據，俗稱「隼鳥」的電腦裡。

「被丟進河裡的筆電，似乎從來沒有連網使用，應該只是純粹用來保存檔案。不過，找到的資料中，有一份填滿機構名稱和數字的EXCEL檔案。」

白熊向其他三人展示隼鳥的螢幕。

EXCEL檔案分成許多工作表，每一個工作表的標題分別是二〇一五、二〇一六等，可以推測是年分。各工作表中詳列機構名稱，右邊記載著數字，數字每三位就有逗點，看來是金額。

「這些機構名稱是什麼？」桃園指著螢幕問。

機構名稱多達五十幾個，包括重大疾病病友及家屬支援機構、犯罪被害人援助機構、窮困者自立援助計畫團體等等，領域五花八門，但似乎都與社會公益相關。

「我查過了，每一家都是真實存在的機構，也實際累積不少活動成果。」

「機構名稱旁邊的數字，會是捐款金額嗎？金額滿大的呢，等於每年總共捐出一億到兩億圓。」桃園一邊估算。

「這數字太高了。」小勝負緩緩開口。

「天澤集團的稅前淨利每年約三十億圓。雖然不是拿不出來的金額，但這超出了一般捐款的水準。再說……」小勝負操作隼鳥，點開其他證據文件。「稅務文件中並未記載捐款事實，事業計畫書上也沒有，顯示飯店的利潤都用在其他用途。」

「也就是說，這些捐款的來源不明？」桃園反問。小勝負點點頭。

「不用通知國稅局嗎？」白熊小心地詢問。倘若發現犯罪情事，必須通知檢方。若涉嫌逃漏稅，應該要知會國稅局。

但風見苦著臉說：

「光這點資料，國稅局不會行動吧。倒不如說，只會將我們打發走，要求我們調查更清楚一點再回報。雖然最近我們和檢方的合作變得比較密切，但各機關還是各自為政。不過，這份來路不明的錢，或許可以成為和雲海談判時的籌碼。我來向雲海施壓。小勝負和白熊將現有的證據再澈底調查一次。桃園——」

「啊，我和『溫泉鄉S』的老闆政岡先生有約。」

「『溫泉鄉S』？婚宴聯合行為的當事人之一？」

白熊驚訝地睜大眼睛。桃園理所當然地點點頭。

「對啊。S市案的調查時限只剩不到兩星期了吧？雖然婚宴聯合行為案被擱置，但應該可以和欺壓供應商案一併查緝。反過來說，要是錯過這次機會，就再也查不了了。風見隊長應該也想要一次解決兩案吧？」

「被妳發現啦？」風見搔了搔頭。

「那當然，你以為我們共事幾年了？從上個月開始，我就不停拜訪政岡爺爺的辦公室，還和他變茶友了。已經混得很熟，他應該差不多願意透露點什麼了吧。」

桃園調皮地笑了。

新的星期一。

早上八點前，白熊就來到中央聯合辦公大樓前。這陣子，她每天都在分析其他團隊蒐集來的大量證據。在他縣飯店找到的資料裡，也有關於天澤集團的資料，或許可以從這批資料中找到頭緒。

然而，進展並不理想。期限迫在眉睫，白熊內心焦慮不已，每天一大清早就出門，一直工作到末班車前一刻。

很少職員在八點前就來上班，白熊經常一個人穿過大門。今天卻看見了似曾相識的背影。那人似乎被保全攔住。

「早安。」她向保全打招呼，出示證件，正準備直接經過時，和那人對上了眼。是長澤，「天澤飯店S」的前飯店經理。

「就是她！我就是來找她的。」長澤指著白熊對保全說。

「可是，你沒有預約吧？」保全疑惑地問。

「沒關係。長澤先生，有什麼事嗎？」

白熊壓抑內心的驚訝，從保全身邊領過長澤。她請他在櫃檯等候，隨即申請詢問室。距離年底的調查期限，時間已所剩不多。雲海堅不開口，證據蒐集工作陷入瓶頸。此時長澤主動來訪，可說是千載難逢的機會。她匆促辦理訪客手續，這一次，無論如何都要從長澤口中得到線索。

風見和桃園上午都預定外出。白熊向小勝負說明原委後，請他一起聽取說明。

「不好意思突然跑來，平常沒什麼時間。」長澤語氣溫和，臉上卻散發出非比尋常的緊張感。白熊和小勝負在長澤正對面坐下來。

「我就開門見山了。請稽查『天澤飯店S』。」長澤直言不諱。

小勝負和白熊對望。小勝負似乎也相當驚訝。

「我們的確很想稽查，但必須得到負責人的同意才能進行。」白熊解釋。

長澤露出一抹笑容，說道：

「負責人不就在這裡嗎？我是飯店經理。」

「你不是辭職了嗎？」

「正確來說，我還在消化有薪假。我的職位會保留到年底，新的飯店經理任期明年初才開始。就算我在應該休有薪假的日子上班，以飯店經理的身分工作，也完全沒問題。上次是因為雲海在飯店，我才聽從他的指示。但如果雲海不在，就是由經理來決定飯店的大小事。我同意公平會進行稽查。」

長澤露出海闊天空的笑容，就像看開了似的。

看到他的笑容，白熊心中升起一股不安。她忍不住將告發圍標情事後的豐島浩平的笑容，與眼前的長澤重疊。上次前往長澤家時，還被拒於千里之外，在那之後，他的心境究竟有了什麼樣的轉變？

白熊試探地詢問長澤改變心意的原因，卻只得到了「我想了很多」的含糊回應。雙方交換了幾個問題，仍得不到具體的解釋。白熊幾乎要懷疑這說不定又是一場圈套。

在調查期限前一刻伸出援手，時間點未免太巧了。或許背後隱藏著雲海的陰謀。

倘若雲海是為了將公平會騙過去而派長澤過來，應該會準備更具說服力的證詞。

如果長澤所言屬實，這樣的機會不會再出現第二次。白熊內心掙扎，暗忖著絕不能放過機會，但仍不放心地追問：

「真的可以嗎？在S市這種小鎮，和雲海這樣的大人物作對，不只是長澤先生本身，可能還會拖累家人。」

長澤沉靜地笑了。

「我就是為了家人，才隱忍到今天。或許我只是拿家人當藉口，其實都是出於我的自尊。我看重的事物被別人踩在地上踐踏。那天和你們談完之後，我突然意識到，其實我很憤怒。」

「因為雲海？」

「也是。但主要還是對可悲的自己感到憤怒。」

白熊並不清楚長澤到底想要表達什麼，面對追問，他的回答也十分抽象，最終仍然無法確定他為何會在短時間內改變心意。總之，應該發生了某些擊潰其自尊心的重大事件，讓他下定決心造反。花費約莫二十分鐘問話，僅僅得到這點收穫。

「筆電裡存了什麼資料？」白熊追問。

長澤搖搖頭。

「我不知道。雲海要求我不准開啟。不過，只有那臺筆電沒有連網，加上他再三交代不許讓任何人接觸，所以……我一直以為那些是見不了光的機密資料，才會在情急之下帶走丟棄，哪知道弄巧成拙。」

小勝負向白熊使了個眼色。白熊從檔案夾裡取出文件，遞給長澤。是那份疑似捐款名冊的清單。

「你看過這個嗎？」

長澤直盯著清單。雖然看不出他的表情，但他的目光在紙面上游移，顯得相當困惑。

「沒有，第一次看到。這是慈善團體的名單嗎？」

「是從你丟棄的筆電裡復原的資料。右邊的數字應該是金額。我們推測是捐款名單。天澤集團會捐款給慈善團體嗎？」

「據我所知，沒有。不過，這份名單很有雲海的風格。如果是他，捐出這麼大筆錢也不足為奇。」

白熊停下正在做筆記的手。

「你是說，這是雲海個人的捐款？」

「我無法斷定，但雲海對於錢的用途有近乎異常的一套哲學。他對於賺錢方式完全不講究，卻是那種花錢就要花得正確、有效益，否則就會抓狂的人。比起量，他更重視質。沒用處的東西，他連一塊錢都不想浪費，但如果需要，就會毫不猶豫地揮霍……聽說他因為不想花三圓還是五圓買購物袋，總是隨身攜帶環保袋。明明他那麼有錢，買個購物袋根本算不了什麼，帶環保袋還更麻煩。但或許就是這種思維，我到現在還是個窮老百姓吧。」

白熊實在無法想像，總是一身高級西裝的雲海會從公事包裡掏出環保袋。但她同樣無法想像雲海提著塑膠購物袋的模樣。

「比如公平會正在調查的供應商欺壓案，那些藉由壓迫廠商得來的錢，也都照著雲海的指示花用。比如壓榨餐飲店的錢，雲海會用在出資栽培農家繼承人計畫；從花店得來的錢，則投資新的肥料開發公司。他的信念似乎是，從某個業界搜刮而來的錢，要用來改善那個業界，他在這一點上擁有十足的正義感，我也十分尊敬。」

接著，長澤拿出飯店平面圖，並指出可從哪一處後門進入飯店。白熊疑心大起，這番準備也太周全了。

「走這條動線，不容易被員工發現。但要小心一個人。」

長澤取出手機，向白熊和小勝負出示飯店員工的照片。

「最左邊戴圓眼鏡、瘦巴巴的男人叫碓井，他是婚禮部門主管，也是雲海的跟班兼馬屁精。稽查期間，他可能會暗中向雲海通風報信。此外，過去的婚宴聯合漲價紀錄，應該是由他保管。我也不知道保管地點。」

白熊從長澤手中接過飯店平面圖。

「下午可以針對欺壓供應商和婚宴聯合漲價這兩個案子，請教更進一步的細節嗎？」

「當然可以。」

長澤的語氣中聽不出迷惘。真的豁出去了嗎？還是受到雲海指使？白熊難以判斷。

她再次和小勝負交換眼色，站了起來。有必要聯絡風見和桃園。

聽取工作持續到晚上八點，風見和桃園在中途加入。

最終，決定在十二月二十四日星期五執行稽查。這天雲海要去參加沖繩的一場活動，一時半刻趕不回來。

首要目標，是穩妥地進入飯店後場的辦公室。這時櫃檯應該正忙於接待聖誕旺季的大批旅客，其他員工也可能會疏於關注後場的狀況。

等確定稽查步驟並安排好出差行程，已經超過晚上十點。

白熊前往有自動販賣機的休息室，發現小勝負拿著罐裝咖啡，正坐在長椅上。

「辛苦了。」白熊說。

「辛苦了。」小勝負回應。

似乎是累壞了，小勝負看起來有些心神不定，眼神也變得渙散，咖啡只是握在手裡，沒有打開。

「怎麼了？想事情嗎？」

「不，只是覺得哪裡不對勁。真的可以相信長澤嗎？說不定是圈套。」

小勝負眉頭深鎖，嚴肅的表情讓白熊忍不住想笑，但她可以理解小勝負的困惑。

「我也這麼想過。可是，長澤提供的資訊相當詳盡，在欺壓供應商還有婚宴聯合漲價案，也得到了不少有用的資訊。要說是雲海的圈套，倒也實在不明白他為何要透露這麼多內幕。」

「嗯，但就是這樣才格外可疑。時機點也太湊巧了。」

「說的也是。」白熊偏著頭說。坦白說，她也不曉得該怎麼看待這次的狀況。

「如果他想欺騙我們，應該不會正大光明地跑來公平會。他也可以選擇匿名檢舉。」

「唔，是我想太多了嗎……妳不接嗎？」小勝負指著白熊的手，握在手中的手機在震動。是徹也打來的。

最近白熊有點在躲著徹也，因為一見到徹也，就會想起他偷吃的事和自己的調動。目前實在不願面對更多棘手的難題。

「哦，不要緊。晚點再回訊息就好。」

「男朋友？」小勝負板著臉問，白熊嚇了一跳。

她從來沒有和小勝負聊過私事。瞥見白熊驚訝的表情，小勝負才補充道：

「上次在尾牙聽綠川說的。她說妳有論及婚嫁的男友。」

白熊感到困惑，她不記得對綠川提過這件事。但她曾和包括守里在內的幾個同期提過正在籌備婚禮，消息傳出去也不奇怪。

綠川會將這件事告訴小勝負，理由並不難想像。綠川喜歡小勝負，可能將與小勝負同部門、朝夕相處的白熊視為眼中釘，同時也要預防兩人共事時擦出火花。

綠川一副冰山美人的姿態，談話間語氣也很冷靜，但白熊逐漸發現，其實她是個相當執拗的女人。明明白熊與小勝負之間，完全看不出可能產生男女情愫的跡象，也根本不可能發生綠川擔心的那種事。

「對了，上次要謝謝你。」白熊冷不防道謝，眼神沒有看向小勝負。她心想，要是看著他根本說不出口。

但她還是忍不住轉頭看小勝負，迎上他的眼神，又立刻轉回來。

「上次？哪次？不知道妳在說什麼。」

「你將七瀨女士的聽取工作讓給我。但證據幾乎都是你整理的。」

「哦，那個啊。」小勝負轉了轉脖子，搔搔頭。

「我沒做什麼需要妳感謝的事。我也向遠山大哥說過，我只是覺得妳比較容易問到證詞。畢竟七瀨女士可能仍對妳心懷歉疚，只要在她的傷口撒鹽，多少可以期待她不尋常的反應。」

「啊哈哈哈——好黑心的策略。」

「哪裡黑心……」

「嗯，你一點都不黑心。」白熊平靜地說。小勝負不發一語。

「你就是這樣，動不動就難為情。」

「我才沒難為情。」

小勝負垂著頭，手中仍握著沒有打開的咖啡罐。

「無論如何，終究是幫了我，所以我想向你道謝。而且，我感覺自己漸漸能理解你以前說的話。」

「我說的話？什麼話？我不認為妳能理解我的話。」

小勝負偏著頭，同樣面無表情。但一臉嚴肅，不像在開玩笑。這份傲慢教人氣惱，也令人莞爾。

「你去美國之前寫了一篇論文，對吧？有個優秀的支配者，而人們透過接受支配蒙受各種利益。人們的生活品質雖然因此而提升，但這樣就好了嗎？這樣真的幸福嗎？雲海就是意識到自身的優秀，才會想要支配一切。有些人覺得這樣就好，也有人無法忍受。」

小勝負抬起頭，定定地看著白熊。

「我很驚訝，妳理解得比我想像的要深。」

「我只留意到人們的生活這個層面。」

「唔，那樣也不算錯。這在學說上也有對立，只是立場不同。」

小勝負語氣平淡。但白熊明白，那是屬於他的溫柔。

白熊想要打破他的從容和冷靜，毅然地問出口：

「你那麼優秀，難道不會想要像雲海那樣，站在支配者的位置嗎？」

小勝負露出冷笑，似乎已經習慣了這種問題。她心想，綠川肯定也問過同樣的問題。

「完全不想。支配別人又沒什麼意思。」

「那公平會的工作有意思嗎？」

「也不能說有意思。該怎麼說，我討厭日本的島國風氣，或者說村落社會這種陰險又糾纏不清的環境。我只希望別人不要來煩我。從現有的職業來看，能夠破壞這種恐怖又封閉風氣的組織，只剩下公平會了吧。」

小勝負的話並不難理解。

就像S市，一位擁有絕對權力的霸主崛起，人們紛紛揣摩迎合他，並要避免當出頭鳥。全日本到處都是這樣的環境。能力分外突出的小勝負會感到窒息，也是理所當然。

「稽查湊巧在聖誕夜，真可惜。」

小勝負察言觀色地看向白熊，突然轉換話題，白熊嚇了一跳。小勝負不希望白熊再深入這個話題嗎？

不過，小勝負與「聖誕節」這個詞的距離太過遙遠，就連他提起聖誕節，都讓白熊感到不可思議。

「妳不是本來要和男友約會嗎？」

提到徹也，白熊冷不防被拉回了現實，胸口一片冰涼。

「呃，嗯，沒關係啦。我們本來就預定隔天晚上要見面。雖然也可能變卦……」

白熊嘆了一口氣，喝了一口手中的罐裝咖啡。

那天晚上，她就要向徹也攤牌，非做出決定不可。隨著時限接近，她愈來愈憂鬱，是預支了婚前憂鬱症嗎？還是存在更嚴重的問題？她自己也不曉得。

「戀愛也是一種競爭呢。」小勝負低聲說。

「咦？」

小勝負突然冒出令人出乎意料的話，白熊一時反應不過來。

「難道不是嗎？如果自己不是對方心目中的第一名，就沒有意義。這完全就是競爭。」

小勝負的話直擊心坎。

如果戀愛是一種競爭，徹也和英里斷絕關係，選擇了白熊，不就表示白熊贏了？她贏了，所以應該滿足了嗎？

思緒亂成一團，感覺胸口彷彿就要迸裂開來，濃稠的情感流淌而出。

「對不起，我是不是說了不該說的話？」

小勝負探頭看白熊的臉。

「沒有……」

「可是妳在哭。」

「不是，我……」

小勝負的眼中浮現驚慌的神色。

那罕見手足無措的模樣，讓白熊忍不住破涕為笑。

「我男友有別的對象。雖然那段感情好像已經結束了。我只是在想，這樣算是我贏了那個女人嗎？這樣就好了嗎？」

話語哽在喉頭。明明還想說什麼，但感覺一說出口，眼淚肯定流得更凶。她深呼吸了幾次，盡量恢復平靜，接著說：

「我沒辦法覺得自己是他心目中的第一名就好了。光是還有第二個，我就無法接受。或許這無關輸贏。怎麼說，我希望我是他的唯一……」

沉默持續片刻。

小勝負離開白熊，深深坐回長椅，將頭靠在後方牆上。

「說到那個男的，光是他腳踏兩條船，就已經不公平了。」

「哪裡不公平？這又不是工作。」

「他獨占妳，自己卻腳踏兩條船，這完全就是不公平交易。居然坐視這種不公平的狀態，妳身為公平交易委員會的一分子，失職。」

「不懂你在講什麼。」

笑意在臉上漾開。白熊抹去淚水，調整呼吸。

對小勝負說這些也沒用，但向人傾訴後總覺得輕鬆了些。

「唔，好吧。下次見面我會逼問他。遲遲不肯面對、拖拖拉拉的我的確失職。」

稽查一定要成功！白熊暗暗下定決心，離開休息室。走到入口處回頭，小勝負依然注視著半空，手中的咖啡罐還是沒打開。

4

十二月二十四日上午十點，風見、桃園、小勝負、白熊四人抵達「天澤飯店S」的後門。

「這裡。」

長澤探頭出來小聲說。四人在長澤引導下進入辦公室。一進入辦公室，風見立刻大聲宣布：

「我們是公平交易委員會，現在要執行稽查！」

辦公室不大，約有二十個座位、十名職員。眾人同時轉向風見，神情顯得惶恐困惑。

「請各位離開辦公桌，靠到牆邊。在檢查結束前待在原地。想去洗手間，可以請我們的同仁陪伴。」

在風見的指揮下，職員的辦公桌、抽屜、檔案櫃都被逐一打開檢查。帳簿相關資料和記事本、行事曆等重要文件也被仔細翻閱。

「不好意思，我想去洗手間。」

約三十分鐘後，一名女員工開口。謹慎起見，白熊請她先交出手機，然後陪她前往洗手間。

白熊站在洗手間前等員工出來時，看見一名清瘦的男子從走廊小跑步經過。男子從正在進行稽查的辦公室門口窗戶往內窺探。她對那張側臉和圓眼鏡有印象。

是碓井。長澤指名要小心的人。

碓井左右張望，窺視辦公室內部狀況，接著從口袋裡掏出手機。白熊見狀，立刻跑上前說：

「不好意思，請不要使用電子儀器。」

她打開辦公室的門，以手勢指示他進去。

「請留在這裡，晚點要請教一些問題。」

正在翻帳簿的小勝負抬頭看向碓井。白熊將碓井交給他，回到洗手間前。從入口看向洗手臺，女員工正在洗手，白熊鬆了一口氣。

稽查持續進行，直到傍晚五點才結束。要帶回的證物都以青紫色的包袱巾包好。白熊負責各種雜務，還要幫其他職員買午餐，搬運證物。

忙前忙後，流了滿身汗，不知不覺中也乾了，但她總覺得渾身汗臭，坐立難安。

他們直接借用飯店的會議室展開聽取工作。白熊和桃園坐在碓井對面，逐一提問。碓井滿不在乎地承認欺壓供應商的事。

「要求供應商修改是天經地義的事。婚宴是顧客一生一次的風光場面，不允許出任何差錯。追加作業的費用？哪有這種東西？誰教他們沒辦法一次做好，才會讓他們修改那麼多次。」

「婚禮收費的決策過程資料在哪裡？辦公室裡沒有。」

「沒有那種東西。」

「怎麼可能沒有？沒有要怎麼決定婚禮收費？」

「如果要修改費用，專務會下指示。就是這樣。」

即使轉換問法，碓井的答案也一樣。即使是對飯店不利的事實，碓井仍坦承不諱，看起來不像在撒謊。這其實是因為他不熟悉法規，因此無從得知哪些發言有問題。

他們依序詢問每一位員工，直到晚上十點才結束聽取。

「怎麼樣？」桃園問道，風見笑容滿面。

「大豐收。欺壓供應商案一定可以查緝成功。不過，聯合漲價案還差一步……或許能在分析證物的過程中找到證據。看到一絲光明了。」

白熊開車載著三人前往下榻處。路上遠遠地看見霓虹燈飾，隱約聽見聖誕歌聲。

「這一帶的聖誕燈飾很有名呢。」桃園說完後又提議：「晚飯還沒吃，大家去燈飾旁的居酒屋吃飯吧。那裡應該開到深夜兩、三點。」

「買超商就好了。大家都累了。」風見建議，但桃園不退讓。

「有什麼關係，今天聖誕夜吔。喏，白熊妳也想看燈飾吧？」

「啊，嗯……是啊。」白熊隨口附和。

「好，就這麼決定。前進居酒屋！」

最後在桃園主導下，眾人辦了一場慶功宴，但喝得最多的卻是風見。深夜十二點多，桃園都說要回去了，風見還不停灌酒。

「活該，雲海！看我摘下你的腦袋！」

風見的叫囂引起隔壁座位的情侶注意，回頭笑道：「那人發什麼神經啊？」

◈

枕邊的手機響起。身體沉重，一時無法反應。

昨天的慶功宴持續到凌晨三點。白熊要開車，沒有喝酒，但為了送那些醉鬼回到旅館，她不得不奉陪到最後一刻。

這天是星期六。所有人都睡到自然醒，再各自返家。風見和桃園應該也會睡到快中午，泡過溫泉才退房吧。

電話掛斷了一次，但立刻又響起。

白熊呻吟著拿起電話，是小勝負打來的。

「妳要睡到幾點？」一如往常，毫無抑揚頓挫的聲音。

「才八點。」

腦袋陣陣作痛，顯然是疲倦和睡眠不足作祟。連從窗簾縫隙灑在臉上的冬陽都惹人心煩。

「現在可以出來嗎？」

「現在？為什麼？」

「長澤聯絡我，說他知道聯合漲價的資料收在哪裡。雲海得知昨天飯店被稽查，中午會到飯店來。他說想趁現在交給我們。」

白熊立時清醒過來。

「我立刻準備！」

掛斷電話，她迅速穿戴整齊，十五分鐘後在大廳會合。

「風見隊長和桃園姊呢？」

「電話完全打不通，應該還在睡。反正只是拿資料，就我們過去吧。」

白熊跳上車。路面積雪，不能開太快。她心急如焚。只要拿到了聯合漲價的資料，就能查緝所有的案件。但如果被雲海搶先一步，一切都白費了。他必定會不擇手段地加以阻止。

依照長澤的指示，白熊將車子停在飯店馬路對面的第二停車場。

兩人跟著招手的長澤，來到「天澤飯店S」後面的三樓老建築物。

「這裡是舊館，現在幾乎成了倉庫。一樓有座存放舊文件的書庫，只有總務的人偶爾會過來。每天早上六點，警衛都會來巡視。」

這是一棟鋼筋水泥的橫長型建築物，屋齡絕對超過三、四十年。雖然是三層樓，但每一層樓高並不高，看上去就像鄉下的町公所或公民館。

進入建築物後，塵埃飛揚。在晨光照射下，灰塵閃閃發亮。

建物內和戶外差不多寒冷。

「雖然有水電，但暖氣壞了……不好意思。」

長澤在盡頭處左轉，下一個轉角右轉，指向一道掛著木牌的白色房門，牌子上寫著「書庫」。說是書庫，白熊原以為會是更古老的房間，但看著這道門，外觀就像普通的會議室。

「書庫內禁止攜入電子儀器，可以請你們將手機和皮包留在走廊嗎？啊，大衣可以穿著。這裡很冷。」長澤感應員工證開門。

白熊跟著小勝負一起走進書庫。

四下張望，整個空間看起來就像圖書館的閱覽室一角。靠門處擺著兩張四人桌，深處則是一字排開的書架，就像要完全覆蓋住牆壁。似乎沒有窗戶。

沒聽到長澤的聲音，白熊一回頭，只見長澤杵在門口。

看到他的表情，白熊驚覺不對勁。

「那麼，請慢慢看。」長澤一邊說，嘴角揚起冰冷的笑意。

接著，門關上了。外頭傳來上鎖的聲音。

白熊一個箭步撲向門板，使勁轉動門把，門卻紋風不動。她環顧室內，除了整面牆壁的書架和桌子，什麼都沒有。沒有其他門，也沒有窗戶。

「長澤先生，讓我們出去！長澤先生！」

白熊猛力拍門，但走廊的腳步聲逐漸遠離，再也聽不見。

「我居然上當了。」

小勝負一臉蒼白。

V 英雄是存在的

1

白熊放棄呼喊，轉身環顧書庫內部。

深處的牆面上設置了高及天花板的書架，兩側牆壁是白色的。仔細一看，左側牆壁已經褪成了米白色，右側仍維持白色，或許是最近重新漆過。天花板上有個約三十公分見方的通氣口。完全沒有窗戶。

她又轉向門口，再次轉動門把，門依然一動不動。

「我們被關在裡面了？」

「完全被擺了一道。肯定是雲海指使的。」小勝負嘆氣，在四人桌的一張椅子坐下來，交疊修長的腳，悠然托著腮。

不知情的人看了，可能還以為他正在放鬆休息。

看起來沒有不高興，依然面無表情。但白熊漸漸能讀出，藏在小勝負那張面具般的臉龐下的細微情感。她可不是平白每天和他面對面相處的。

好比說眼下小勝負看似不發一語，眉間卻擠出若有似無的細紋。這並非在積極探究未知事物，而是知道答案，再三爬梳、反覆確認後的表情。怎麼會變成這樣？他心裡有數。他了解到事態演變至此，自己似乎犯了錯，並且正在為自己犯下的失誤生氣。因此才會皺眉。

白熊在小勝負的對面坐下，決定先冷靜下來，重振旗鼓。

手機留在走廊，無法聯絡外界。

長澤就是為了暫時監禁他們，才特意聯絡，並將他們誘入書庫。

一般來說，許多圖書館也會要求，進入書庫時須將電子儀器放置寄物櫃，因此當長澤要他們將皮包留在走廊時，白熊並不覺得不妥。讓他們穿著大衣，恐怕是擔心萬一兩人凍死就麻煩了。這一帶是嚴寒的山區，而書庫裡連暖氣都沒有。

「八成是雲海幹的好事。但是為什麼？將我們關在這裡，對他有什麼好處？」

「有幾個可能性……應該是想安排成公平會職員非法入侵。昨天的稽查中，我們蒐集到欺壓供應商的相關證物，但還沒有婚宴聯合漲價的關鍵資料。公平會的職員為了尋找未得手的資料，擅自侵入書庫，卻不慎被關在裡面，這樣的情節就可以成立。」

小勝負顯得意興闌珊。

他還在氣憤自己居然中了雲海的計。果然是個自尊心比天高的傢伙。

「什麼非法入侵，這裡又不是隨便進得來的地方。」白熊忿忿地說。

這棟建築物距離進行稽查的本館足足三百公尺遠，是位在本館後方的舊館，現在幾乎呈廢棄狀態。就算試圖指控公平會職員擅闖，也會引起職員為何突然想調查書庫的質疑。

「但從表面來看，我們的確進來了，他們事後要怎麼扯謊都行。比如書庫的門剛好沒鎖，公平會的職員便擅自闖入，企圖非法帶走資料，卻不慎被關在裡面。」

小勝負指著門旁的刷卡機。

「這道門是自動門，從裡面開門也需要員工證。不知情的人潛入，就會被關著出不去。看來是打算等隔天早上，警衛巡邏時發現有人入侵，以非法侵入或竊盜罪將我們交給警方。剛才開門時，雖然留下了長澤以員工證開門的紀錄，但既然是自家公司的系統，恐怕已經被刪除。」

小勝負閉上眼，按住兩邊眼頭，低聲說：

「不該相信長澤先生的。」

白熊心中一顫。小勝負本來就懷疑長澤可能設下了陷阱，但白熊卻緩頰，認為他太多心。她感覺這一切似乎都是她的錯。

「長澤先生接近我們，就是為了設這個局嗎？」她低聲問。

當時，長澤前往霞關請他們展開稽查，被問起為什麼要協助公平會，回答卻含糊不清，乍看之下是被傷及自尊心，才決定協助公平會。儘管無從得知長澤的動機，但那時他不像在撒謊，而且給人下定決心要背叛雲海的印象。

「長澤先生提議要協助稽查時，應該還沒打算設局。」小勝負睜開眼睛，緩緩開口。

「他讓我們發動稽查，似乎不光是為了設計我們。畢竟公平會在這場稽查中收穫不小。

要說是趕走公平會的圈套，抛出來的誘餌也太大了。昨天的稽查，應該是長澤先生獨斷同意的。他的確一度想背叛雲海，協助公平會。直到昨天晚上，雲海接到了稽查的消息，想必暴跳如雷。恐怕他立刻聯絡了長澤，並且恐嚇他。」

的確很像擁有強烈潔癖的雲海的風格——而且無法原諒前部屬的背叛。但光是放逐長澤，無法挽回這次的損失。他或許以這樣的說詞威脅利誘：

「只要你願意反過來向公平會設局，我就不和你計較這次的事，也讓你回飯店工作。倘若拒絕，往後就別想在這塊土地上住下去。」

原本一心反抗雲海的長澤，最終在雲海的威逼下，被迫於今早將兩人誘來書庫。

此刻，白熊的腦海中卻浮現出，臉上散發著明亮光采、宣布「我同意稽查」時的長澤。現實中的反抗，比想像中更為刻苦。即使努力跨出了一步，仍會遇上意想不到的反擊，最終進退維谷。以長澤來說，妻兒形同被當成人質。白熊無法苛責一度下定決心又反悔的長澤。

「抱歉，讓妳牽扯進來了。」小勝負難得吐出低姿態的語氣。

今天早上，長澤先聯絡小勝負，小勝負才找白熊一起。對此他多少感到歉疚吧。

白熊並不怪小勝負。換成長澤聯絡白熊，白熊也會立刻通知小勝負。

「我想得太天真了。人還是可能下定決心後又反悔，看來我的視野過於狹隘。」

對於擁有強烈自尊心的小勝負而言，這算是他的反省之詞。

的確，小勝負一旦決定的事就會貫徹到底。但一般人往往難以信守承諾，就算設下目標，也多半無疾而終。小勝負似乎還沒能掌握一般人的心態。

「唔，也要看人吧。」

她驀然意識到，自己脫口而出的話，語氣比想像中要柔和。

「也有人不論處境艱難與否，都不會背叛別人。選擇這麼做的長澤先生，或許還是太軟弱了。小勝負，你很堅強，可能無法體會弱者的感受……」

「我並不堅強。我只是堅信，即使弱小也要對抗。如果不挺身對抗，就成了不戰而降。即使勝算薄弱，也只有對抗這條路。」

小勝負垂下目光，陰影落在那銳利的臉部輪廓上。

平常總是面無表情的男人，此刻卻罕見露出陰沉的神情。白熊一時啞口無言，靜靜等他說下去。

「世上許多人將軟弱當成了藉口，索性放棄反抗，繳械投降。長澤先生也是，一度想對抗，轉眼間又放棄。」

「說不定長澤先生還在反抗的路上。」白熊插嘴。

「妳就是這樣，動不動就相信別人。」

小勝負淡淡地笑了。那不是平常的冷笑，而是像看到懷念的事物般，自然浮現的微笑。眼角微微下垂。

白熊猜不出他在想什麼。除了工作上的相處，她對小勝負一無所知。或許他也有自己的困境，但並不會坦然向他人傾訴。

白熊盡可能保持語氣明朗。

「我知道啦。吼，不要一臉陰沉，我們先想想該怎麼離開這裡吧！」

「沒有窗戶，門又打不開，只能乖乖等警衛來了吧。隨便消耗體力也不妥。」

小勝負的話言之成理，但坐等救援不是白熊的風格。

白熊站起來，開始敲打右側的牆壁。只有這面白牆是嶄新的。她改敲打旁邊的牆，比較起來，新牆的敲打聲聽起來顯得空洞，似乎不厚，看起來像是以木板隔開後上漆。

白熊仔細觀察入口附近的牆壁邊角，與相連的前方牆壁之間約有一公分的空隙。窺看空隙，看得出隔壁是一片漆黑的空間。也許是在一個大房間裡設下隔板，分成兩間。右邊還有一個原本相連的空間。

她以拳頭敲打牆壁。愈往邊緣，聲音愈輕盈。感覺邊緣部分並不牢固。

這時，白熊腦中冒出一個驚人的想法。大學的迎新活動中，空手道社每年都會表演劈瓦。白熊雖是女生，卻能一次劈開三十片。但那畢竟是表演，使用的是易破的瓦片。

不過，這道白牆看起來並不堅固，材質也像是木材。

白熊直直盯著眼前的白牆。

不可能辦不到。

但牆壁這一側，沒辦法使出慣用腳。

要對深處的牆壁下手。

書庫深處是一整排書架。白熊蹲下來觀察牆壁和書架的縫隙。

裡面很暗，看不清楚，但似乎飄來一絲冷空氣。

她一把抓住書架，開始拖動。

「妳要搬開書架？那我來。」

小勝負立刻跑了過來，加上對力量極富自信的白熊，兩人合力搬動書架。

塵埃飛揚，兩人同時打了個噴嚏。

「要面紙嗎？」

小勝負從大衣口袋掏出面紙遞過去。真是細心的男生。白熊接過一張，擤了擤鼻子。

「喏，你看。」白熊指著牆邊說。

正面右側的牆壁與書庫深處的牆壁之間，存在約一公分的空隙。冷空氣就是從這道縫隙吹進來。

「右邊這道牆，似乎是最近才裝的隔板。只有這面牆比其他牆壁更薄。尤其是邊緣，強度應該不夠。小勝負，你站遠一點。」

「咦？白熊，難道妳……」

白熊伸手要一臉驚訝的小勝負退後。

她倒退一步、兩步，和牆壁拉開距離。

脫下鞋子，調整呼吸。

一絲恐懼湧上心胸。一腳踢上去，搞不好會痛死。不，絕對很痛。雖然踢的是木材，但說不定會被木屑削到流血。這和劈瓦用的瓦片不能相提並論。

白熊練的是點到為止的空手道，從來不曾用拳頭直接打在人身上。

現實比空手道更為嚴峻。

即使如此，還是非戰鬥不可。

吸氣、吐氣、吸氣、吐氣……

盯著牆上的一點。

時機正好的那瞬間，抬腳迴旋上踢。

白熊的中段迴旋踢在牆上踹開了一個直徑約三十公分的大洞。

果然，牆壁是木製的。

她調整姿勢，拍掉褲管上的木屑。破牆時的衝擊讓腳踝陣陣作痛，但還不到疼痛的程度。

小勝負目瞪口呆地看著白熊。

「白熊，這就是所謂的火場蠻力嗎？」

「什麼啦？」白熊抱著腳瞪他。「我也是會害怕的好嗎？」

小勝負將手伸進牆上的破洞，使勁掰開木板，洞變得更大了。白熊想上前幫忙，小勝負伸手制止，要她在旁邊休息。白熊的任務是一舉開洞，但謹慎地擴大洞口，或許小勝負更適合。

約莫十分鐘，洞口擴大成肩膀寬度，射入的光線照亮了隔壁房間。小勝負將頭探過去，「哦」了一聲。

「這個房間沒有刷卡機，可以出去。」

兩人小心地穿過牆洞。一進到隔壁，立刻又打起了噴嚏，裡頭滿是灰塵。

白熊站直身體。腳變得疼痛，但可以慢慢走。骨頭沒斷，應該只是稍微腫起來。

房間裡空無一物，約七坪半大小。也許原本打算作為儲藏室使用。兩人開門來到走廊。走廊上有洗手間和茶水間，前方的防火鐵捲門拉了下來，堵住了通往出口的走廊。兩人的隨身物品在防火鐵捲門另一邊。

「什麼嘛，還是出不去。」白熊一臉失望地站在鐵捲門前面。

她抓住把手想抬起鐵捲門，但鐵捲門不動如山。

上一刻還以為逃出生天，隨之而來的失落感也更大。睡眠不足的疲倦感瞬間升起，白熊感到一陣眩暈。她閉上眼睛，手指按住眼皮，做了個深呼吸。

「能去廁所和茶水間就不錯了。反正明天一早警衛就會過來，回書庫吧。」

「回書庫也無事可做啊。」

「有啊，那裡存放不少舊資料，試著找證據吧。或許會因禍得福。」

連這種時候都想著工作，小勝負真令人驚奇。最後，白熊聽從小勝負的提議。雖然無計可施，但總比坐著發呆強。

兩人回到書庫，小勝負開始默默翻查資料，白熊也幫忙分頭確認。逐一抽出孔夾，一翻開，舊紙張的氣味便撲鼻而來。由於反覆碰觸紙張，油脂被吸光的指腹略顯乾澀。

翻查約兩小時，兩人逐漸掌握保存在書庫的文件全貌。

約三成是契約文件，大多是簽約後超過五年的文件，其中泰半都已失效。

剩下的是住宿名單。上頭清楚列出了每天是哪位客人住在哪間客房。總共累積長達十餘年份的紀錄。

旅客在住宿時填寫的住址等表單，也以橡皮筋捆起來丟在紙箱裡。按理說保管幾年後就該報廢，卻被遺忘在舊館的書庫裡。

白熊看了看手錶，已經過了十一點。她一早就沒吃東西，肚子已經餓得咕嚕咕嚕叫，但她覺得要是說出來，反而會更在意飢餓，於是默默忍耐。

「白熊，妳休息一下吧。」小勝負從文件堆中抬起頭說。

「不用，我再看一下。我沒事。」白熊將目光移回眼前的檔案夾。

這是三年前的住宿登記簿，上面密密麻麻地記錄了房號和姓名，看得眼花撩亂。雖然感覺沒什麼有用的資訊，她還是仔細瀏覽。

為了調查婚宴聯合漲價案，他們必須找到決定價格的相關資料，以及三家飯店密會的證據。然而，書庫裡沒看到這類文件。翻來翻去，都是契約和住宿登記簿。

白熊覺得希望渺茫，但小勝負仍在堅持，因此她也想盡一份力。其實她就算去休息，小勝負也不會在意，但她不想這麼做，不想被拋下。她不確定自己能否與身為菁英公務員的小勝負站在相同的立足點，她並不是想贏過他，而是想和他並肩作戰。

甲賀前輩也曾經歷過相同感受嗎？

甲賀是引領白熊進入公平會的前輩。甲賀的空手道「型」非常優美。然而，究竟要經過多少磨練，才能得到那樣的「型」呢？甲賀在公平會的四十年職涯，又是如何度過的呢？

甲賀從未提及這些。白熊也因為羞於暴露自己的不足，始終避免與甲賀聊到工作。

今年九月，甲賀受傷住院，雖然已經出院了，但白熊一次也沒去探望，她感到有些愧疚。但怎樣都不嫌晚，離開這裡之後，就去探望她吧。

肚子餓了，精神變得渙散，翻頁的手也慢了下來。她拍了拍臉頰，腦袋依然昏昏沉沉。

「白熊，妳還好嗎？」小勝負剛開口，白熊的肚子又咕嚕咕嚕叫了起來，聲音很大，小勝負肯定聽到了。

「只是餓了，有點沒力氣。」她輕鬆地說，先發制人，免得被小勝負嘲笑。

「喏，我食量不是滿大的嗎？」

她一邊說，一邊翻頁，目光在某條紀錄上停下。

「咦？這是……」

睡意瞬間消散。

三年前的一月十八日，九〇七號房。

書庫裡很冷，汗水卻滑過脖子。白熊握住顫抖的雙手，做了個深呼吸。

她小心翼翼地翻頁，確定前後紀錄。

果然有。

「喂，你看。」

小勝負疑惑地湊過來。

「三月六日、五月二十日、七月十日，大約間隔兩個月，都是同一人住在九〇七號房。」

「難道是……」

小勝負指著紀錄上的住客姓名欄。

上面寫著「豐島浩平」。

「北關東圍標案的發包負責人，三個月前自殺了。」

白熊想起豐島浩平的笑容，不知為何，腦海中同時浮現他女兒美月的身影。參加排球隊的美月，身材和男孩一樣高䠷，她低頭狠狠地瞪著白熊，質問她：

「我爸為什麼死了？」

她彷彿聽見了美月的聲音。

接下來三小時，兩人埋首於住宿登記簿。

「這個人也曾出現在之前的案件紀錄裡。是聯合行為案的當事人。」

小勝負指著十年前九〇七號房的住客。已經是第五個人了。登記簿上，過往聯合行為案的當事人都曾入住九〇七號房。

對於涉案人的姓名，白熊只有模糊的印象，因此只留意到豐島的名字。小勝負不愧自稱記憶力過人，陸續發現了各案件的當事人。

「與聯合行為案有關的人，都會入住同一個房間，太不尋常了。看來這個房間可能是專門作為串通聯合行為的場所？」

一般來說，約在餐廳等場合密謀，被查緝的風險較高。加上隔牆有耳，也可能被錄音。若是在公司或住家討論，錄音風險較低，但競爭同業出入這些地點又過於顯眼。

考慮到這一點，飯店房間的確是較為合適的地點。飯店人流複雜，高層出入也不至於引人注目。雖可能被安裝竊聽器，但也基於這樣的風險，提供密會專用安全客房才能成為一門生意。

飯店位在栃木縣，也有地利之便。若安排在東京都的高級飯店，可能會撞見熟人。這裡離東京不遠，平日熟人也較少下榻，最為理想。

「喂，妳看，『S雅緻飯店』的老闆安藤，還有『溫泉鄉S』老闆政岡。」

「婚禮聯合漲價也是在這裡密謀嗎？」

「有可能。走業務電梯就不會被看見。一出電梯是通行門，直接通往停車場，進出時不會被發現。」

白熊想起了那次失敗的稽查經驗。

為了見雲海，公平會一行人搭乘業務電梯，後來，白熊從一樓電梯旁通往員工停車場的通行門，追趕帶著筆電逃跑的長澤，還不惜跳進河裡。明明才兩個月前的事，卻恍如隔世。

「雲海出借密會場所給聯合行為當事人，當然不可能免費。除了住房費之外，可能還收了謝酬。」

「難道，捐給慈善團體的錢就是……」

「嗯，看來就是這間房的使用費，但沒列入會計項目。捐款機構也是幌子，錢應該流向其他地方了吧。」

「是嗎？」白熊歪著頭，神情略顯疑惑。

之前查到的名單中，每一家都是真實存在的機構，也有明確的活動紀錄，不像是為了挪移資金而設立的空殼機構。

「長澤先生看到捐款清單時，不是說『很有雲海的風格』嗎？雲海對花錢有著自己的一套哲學。他將從餐飲店賺來的錢，拿去資助栽培農家後進的計畫；從花店弄到的錢，則投資開發肥料的新公司。長澤先生指出，雲海的信念是，從哪個業界搜括來的錢，就用來改善那個產業。從公共建設圍標得來的利潤，本錢是稅金吧？」

小勝負點點頭。

聯合行為中，在競標前私下串通，提高得標金額的行為稱為圍標。在公共建設的圍標行為中，支出的額外稅金，就成了參與圍標者的利潤。

「他是不是挪用那些被浪費的稅金，捐給慈善機關？因此捐款對象中，一字排開都是從事社會公益的團體。」

「是雲海自己的一套撥亂反正嗎？一般人會這麼做嗎？」

小勝負懷疑的心情也是可以理解。

多達數億的錢不是放進自己的口袋，而是大方捐出去。一般人難以理解這種心態。雲海是家族企業第三代，金錢觀本就異於常人吧。

儘管如此，雲海的手段依然惡劣。他陷害石田夫妻，還涉嫌監禁白熊和小勝負。他不擇手段，毫不留情地欺凌比自己弱小的人，掠奪其財富。他協助應該要打擊的聯合行為，從中搜刮錢財。每一種手段都違法，而且殘忍。

但就目的而言，或許也有其道理。

重振當地產業，將錢投入應該要運用的地方。他對地方的經濟發展做出了扎實的貢獻。難怪當地業者支持雲海。儘管眾人對他的手段感到恐懼，卻仍深深尊敬著他。

但是，不能認同雲海這種做法。

「小勝負，你說過吧？我們的目的是『促進國民經濟之民主健全發展』。」

「《獨禁法》是這麼寫的。」

「我好像終於理解它的意義了。雲海的所作所為既不民主，也不健全。」

比起圍標，雲海更無法容忍稅金遭到浪費，這才挪用圍標所得到的部分稅金挹注於慈善事業。然而，這是國家該做的事，只因為國家沒有做，雲海就決定自己來做。

乍看之下似乎沒有問題，因為他試圖去做國家該做的事。

國家是基於國民的信任而成立，由在選舉中被選出來的政治家制定法律。國家依據法律，徵收稅金。一切存在著民主基礎。

可是，沒有人拜託雲海這麼做。雲海獨斷地動用他人的錢，運用在自己認為對的事情上。這並不民主。

雲海企圖支配一切，其他人只能聽從。待在雲海稱王的村落社會裡，唯命是從，才能存活下來。若非如此，就會淪為「布可杜菲」的下場，連挑戰的機會都沒有，直接遭到排除。這一點都不健全。

不能只倚靠少數的強人。

我們每一個人，即使力量不夠、即使弱小，也必須依照自己的意志行動。有時贏，有時輸，有時遭遇重創。以整體經濟來看，或許這是效率極低的做法，但我們仍不能將這份權力拱手讓人。

每個人的挑戰和摸索累積起來，可以推動經濟，打造社會。這樣的過程才是競爭。而公平會，就是為競爭把關的守門人。

白熊望著手中的住宿登記簿。

獨善其身、不當競爭的聯合行為密會紀錄，就在這裡。

「喂，小勝負，這份住宿登記簿是核彈級的證據吧？裡面可能還有我們尚未掌握的聯合行為當事人。」

「妳現在才發現？」

小勝負一臉嫌棄地嘆了口氣。

「啊，但這些資料沒辦法帶出去吧？明天早上警衛一到就會報警，之後飯店不可能再同意我們稽查。」

「哈哈哈哈！」小勝負突然捧腹大笑。「哈哈……雲海肯定也這麼想。他以為我們絕對不會發現密談房間的玄機，就算發現，也帶不走資料。加上身邊沒有手機，無法拍照。所以他篤定這些資料派不上用場。可是，他失算了。」

白熊一頭霧水地看著小勝負。

小勝負以食指指著太陽穴，敲了三下。

「就是我啊，我的金頭腦。住過九〇七號房的人，假設一年三百人，還在時效內的五年間，就有一千五百人。只要對照入住登記表，也能知道他們的住址和職業。到明天早上以前，時間多得是。我可以將資料全背起來，完整無缺地帶出去。」小勝負一派輕鬆地說。

「好了，上工前先去個廁所吧。」

他哼著歌，穿過白熊踹開的牆洞走出去。

短短幾小時，小勝負果然全背起來了。

白熊坐在小勝負旁邊，將登記表一張張遞給他。小勝負盯著住宿登記簿幾秒，再盯著登記表數十秒，然後立刻擱到一旁，等白熊遞給他下一張。

「好像人體影印機。」白熊坦率地說出感想。

小勝負難得笑了。他一笑，兩頰上就出現深深的酒窩。是白熊的新發現。

「白熊，如果妳多了一根拇指，會拿來做什麼？」

「做什麼？沒什麼用處吧。塞不進手套，反而更麻煩。」

「就是這麼回事。人體影印機其實沒什麼用處。」

「考試無往不利，不是很棒嗎？」

「唔，考試是可以輕鬆過關啦。不過，就算會考試，也不見得能在工作派上用場。況且，這種特質會引來不少耳語，加加減減，搞不好是弊大於利。」小勝負垂下目光，露出了苦笑。

看到那神情，白熊忍不住別開目光。

小勝負剛調過來時，白熊一聽見他的經歷，內心就警鈴大作，還和遠山及桃園私下議論了一番。

也曾有其他部門的同仁跑來刺探：「小勝負這個人怎麼樣？」

小勝負向來埋首工作，就算察覺到旁人好奇的目光，也置若罔聞。

「登記表。」小勝負伸手過來。

白熊回過神，又遞上一張登記表。

終於完成時，書庫裡變得更冷了。

兩人的套裝外都穿著羊毛大衣，但待在沒有暖氣的室內，仍抵擋不了刺骨的寒意。他們拉緊大衣，抱膝而坐，思緒逐漸沉重。

昨晚幾乎沒睡，加上飢腸轆轆，渾身無力。昏沉的腦袋即將垂落之際，旁邊的小勝負搖晃起白熊的肩膀。

「最好別睡著。」

牆外傳來像能晃動牆壁的轟隆巨響。外頭似乎正颳著風雪。

室內雖可免於暴露在風雪中，但室溫已降至五度以下，失溫的危險迫在眉睫。幸好茶水間備有熱水，兩人輪流前往取暖。只要維持體溫，應該不致有生命危險。

長夜漫漫。

小勝負本來話就不多，就算想閒聊，他也只會問什麼答什麼。除非涉及公事，否則根本聊不下去。白熊陷入沉默，懶得找話題。

看看手錶，超過晚上九點。

「白熊，今天是聖誕節。」小勝負突然開口。

「讓妳牽扯進來，我再次向妳道歉。妳今晚與男友有約吧？」

他的記憶力果然驚人。白熊想起曾在休息室對小勝負提過這件事。

「沒什麼牽扯的問題，是我自己要來的。」

這是她邁入三十歲前的最後一個聖誕節。

原本，她應該正和徹也坐在餐廳，接受他的求婚。

徹也現在在做什麼呢？

他是否還在等待不會出現的白熊？未接的電話和簡訊，是否讓他以為白熊打算臨陣脫逃？等脫困了，向他解釋緣由，他一定會諒解的。

不過，徹也早就對她常因公務而無法見面感到不滿。這次的事，又要讓他不高興了。

難道得帶著這份情緒，在新年期間與徹也的父母見面嗎？

想著想著，覺得一切都好麻煩。

意識倏地遠離了。

小勝負從旁邊抓住她的肩膀。

「去用熱水洗把臉？」

「沒關係，只是有點冷。」

「這給妳。」小勝負準備脫下身上的大衣。

「不要啦，這樣你會很冷。」白熊阻止他。

「唔，那夾克借妳。」

小勝負先脫下大衣，將裡面的夾克扔給白熊。仍留有餘溫的夾克，散發出白熊陌生的氣味。

2

「我可以相信你們吧？」

本庄審查長面色凝重。

「是！」小勝負和白熊在會議室站得筆直，異口同聲地回答。白熊不禁有些靦腆。

「我知道了。你們的說詞，我會如實回報局裡。同事們應該會相信，但社會大眾就未必了。」本庄審查長的語氣依舊嚴厲。

受困舊館的隔天，白熊和小勝負被警衛發現。

雲海隨即報警。兩人前往警察署接受訊問，說明來龍去脈。

不過，他們與長澤及雲海的說法明顯有出入，這也是意料中事。最後警方以誤闖結案。書庫內既未存放值錢物品，堆積成山的資料也只是住宿登記簿和舊合約，看來並無重要文件。加上兩人並未帶走任何物品，因此也未被追究竊盜罪。

接著，雲海又登上電視及網路媒體上，大肆抨擊公平會與警方官官相護。

「公平會的職員不僅沒有被起訴，甚至沒被逮捕，顯見警方與公平會勾結之深。」

事實上，警方並未包庇公平會。

儘管雲海在電視上的言論並非人人埋單，仍有部分民眾信以為真。隔週，二十七日到二十八日，公平會的抗議電話響個不停，連接受一般民眾檢舉或提供違法事證的資訊管理室的專線都遭癱瘓。據說由於抗議電話占線，導致許多寶貴消息可能被遺漏。

當然，資訊管理室的室長肯定會向本庄審查長抱怨，但審查長對此隻字未提。

向本庄審查長匯報結束，回到大辦公室時已是傍晚。

這是今年最後一個上班日。

辦公室裡「新年快樂」的祝賀聲此起彼落，同時響起匆匆返家的腳步聲。

「對不起。」

白熊鞠躬道歉。桃園只聳了聳肩。

「沒辦法，又被雲海擺了一道。」

正在接聽抗議電話的風見也默默點頭。

晚上六點過後，電話總算停歇。抗議民眾也得準備過年。

這時，小勝負取出一份文件，遞給風見和桃園。

「這是我們找到的住宿登記簿和登記表資料。」

日期旁邊列出了姓名、住址和職業。整份清單密密麻麻，上頭是多達五年份的紀錄。

「你這幾天整理出來的？」白熊瞪大眼睛。

「先列出來而已，很麻煩。」

「天哪，小勝負的天才傳說是真的！」桃園交抱手臂，讚嘆地不住點頭。

「我一直以為在我們這種弱小機關，你的才智毫無用武之地，沒想到能以這樣的形式大顯神通，真是不幸中的大幸。」

「豈止是不幸中的大幸，根本大功一件。」風見在一旁附和。

「這份名單價值連城，是聯合行為的鐵證。立刻交給資訊管理室調查班，請他們比對過去的檢舉資料。完全是座金礦！雖然抗議來電讓資訊管理室最近焦頭爛額，但這份名單絕對能讓他們眉開眼笑。就算這幾天檢方幾番挖苦，反正不痛不癢。」

風見興奮得臉頰泛紅。

白熊見狀，不覺鬆了一口氣。至少身邊的同事都願意相信他們，光是這樣就足夠了。但她心中仍有陰霾。他們三番兩次落入雲海的圈套，將同事捲進麻煩。注意右腳，左腳就動彈不得，留意左腳，右腳又陷入泥淖，彷彿失去協調的機器。

「欺壓供應商的案子，已經朝做出排除措施命令的方向處理。應該沒有問題。換句話說，我們終於扳回兩城！」風見的聲音透著欣喜。

眾人為了年底的期限忙得團團轉，最後一刻總算大功告成，格外令人振奮。

「剩下最後一案，婚宴聯合漲價案。調查雖一度停滯，但剛才正式決定重啟。明年一開工，就展開調查。」

「真的嗎！」桃園歡呼。

「真的。小勝負和白熊找到的資料發揮了關鍵作用。已經知道聯合漲價的密談地點在『天澤飯店S』的九〇七號房，接下來只要掌握密談時間，就能破獲聯合行為。上頭判斷成功的機率很大。這一年經歷了風風雨雨，大家都很努力，明年也要再接再厲。」

風見穿戴整齊，步伐輕快地離開，歸心似箭地享受久違的天倫之樂。

時針指向七點，白熊的工作也告一段落。

她對大夥說完「新年快樂」，便離開大辦公室。

一走出門口，她立刻掏出手機。

她撥打徹也的電話，同樣無人接聽。可能被設成拒接。自從星期天過後，整整三天都一樣。聖誕節的意外餘波盪漾。

那天，白熊和小勝負的手機都被關機了。肯定是長澤幹的。

徹也應該怎麼打都打不通。

她收到了許多訊息：「怎麼了？會晚到嗎？」、「我會等妳，妳慢慢來」、「沒事吧？出了什麼事嗎？」、「聯絡一下吧」。看得出徹也當晚的心理狀態。

後來訊息中斷了一陣子，過了晚上九點左右，再次收到訊息。語氣卻出現一百八十度的態度。

「我聽英里說了。妳一定在生氣吧，對不起。」

「我想跟妳談談，聯絡我吧。」

「就算生氣也用不著不理人吧？」

「沒想到妳這麼幼稚。謝謝妳過去的一切。」

訊息就這樣結束了。

起初，徹也擔心白熊沒有赴約聖誕節晚餐，猜測她可能是身體不適或遇到事故。但隨後得到英里通知，白熊早就得知徹也偷吃的事。徹也認定白熊是因為生氣而缺席約會。然而，電話打不通，傳訊息也沒回應。或許他也不滿白熊拒人於千里之外的態度，便決心分手，還將她設成拒接對象。

完全誤會了。

但白熊覺得也無法歸咎於陰錯陽差。

徹也是真的偷吃了。

徹也傳來這樣的訊息：「妳一定在生氣吧？對不起。」如果他沒有偷吃，應該傳的是：「妳誤會了。」

白熊原本心中還抱有一絲期待，或許徹也並沒有偷吃，都是英里在挑撥離間。然而，她的期待澈底落了空。

突然間，她覺得徹也這個人骯髒至極。原本深深喜愛的那副空手道練出來的厚實胸膛，如今覺得像野獸。所謂富有決斷力和可靠的性格，也不過是任性和專斷獨行。直腸子、不拘小節，或許只是愚蠢的單細胞。看似關心家人，但換個角度來看，就是只對自己人好的自私傢伙。

過去欣賞的長處全都一百八十度翻轉，成了難以忍受的短處。

徹也只因為聯絡不上白熊，就輕易提出分手。兩人明明交往了五年，居然這麼簡單就開口說分手嗎？或許徹也早就不喜歡她了。原來自己不過是個能輕易拋棄的對象嗎？想到這裡，白熊難過極了。

或許徹也不願被責備偷吃，才會搶先提分手。這表示他不想為了維繫這段關係，為自己偷吃的事低頭道歉，原來自己是如此不被看重嗎？這麼一想，不光是氣憤，白熊幾乎感到虛脫。

她不知道自己想要怎麼做。這段關係已經無可挽回了。一度髒掉的事物，再也不可能洗白。但她幾乎要被那五年的重量給壓垮。與徹也共度的時光，已經成了白熊人生的一部分。與徹也分手，也形同失去了人生的一部分。

兩人的關係真的難以修補了嗎？再也沒辦法了嗎？

要在誤會中結束嗎？

她察覺到過去五年的自己完全不被當一回事，白熊傷心極了。就算要結束，她也想要更慎重地結束。

她希望至少和徹也談一次。不是要他道歉，而是一種儀式。

白熊下定決心，搭上回家路線以外的電車。

她想去徹也家。徹也家在神奈川縣。她在電車上搖晃了約四十分鐘，再轉乘另一條線坐十五分鐘，從車站步行約十分鐘。

抵達公寓時，已經八點半。她按了門鈴，但沒有反應。窗內也沒亮燈，徹也似乎還沒有回家。

今天是十二月二十八日的晚上，徹也或許是去尾牙聚餐。白熊猶豫是否該放棄，但她已經沒有力氣做出任何決定。

她走下戶外階梯，站在郵筒前面等待。

外頭一片漆黑，只有不遠處的電燈朦朦浮現。冷風呼嘯，她裹緊了鬆掉的圍巾。

一名提著炸雞袋子的中年上班族匆匆走過，遠處傳來孩子的歡笑聲，還有撲鼻的咖哩香。

等了約莫一小時。白熊心想，放棄吧。

雙腳自然而然地走向車站。思緒一片空白，流淌不出任何情感。

無涉於理智或感情，身體俐落地移動。搭上回程電車，在座位上坐定，車廂裡的空調和腳邊的暖氣包覆全身時，總算放鬆下來。

淚水不住地流。她連忙掏出手帕摀住臉，淚水卻怎麼也止不住。

從二十四歲開始，與徹也交往五年。

她向來不擅長戀愛。學生時期曾被告白幾次，但她對戀愛沒什麼興趣，便婉拒了。當時她最重要的就是空手道。

和徹也相遇，是在她沒有練空手道的時期。當時她對職涯感到迷惘，心思彷彿懸在半空般孤單。或許是因為沒有熱中的事物，才能卸下防備以純粹的眼光欣賞男人。

那些與徹也共度的時光，再也回不來了。自己究竟是在哪一步出了差錯？好想念徹也的氣味和體溫，以及他輕喚「楓」時那沙啞的嗓音。

白熊捏著被淚水沾溼的手帕，往家的方向走。因為哭得太激動，淚水都乾了。走近家門口時，熟悉的人影躍入眼簾。

「徹也！」她向前奔去。

低著頭的徹也緩緩抬頭，朝她伸出手。原來徹也在等白熊回家。兩人又錯過了。但這些都不重要，又能再次被徹也魁梧的身軀擁抱——正當白熊這麼想，徹也卻突然閃身躲開。

正想撲進徹也懷裡的白熊重心不穩，險些跌倒。幸好她核心很強，立刻就站穩身子。

「抱歉，楓。我覺得這樣下去不行，無論如何都想好好談談，做個了斷。」徹也的聲音很消沉。

「了斷？」

白熊不禁瞪圓了眼睛。徹也想為偷吃的事道歉嗎？

面對徹也，原先累積的憤怒、無力與悲傷都消失無蹤。若是能重修舊好，她什麼都可以不追究。只要彼此道個歉，過去的日常就能再重回軌道。

「沒錯，算是我要做的了斷。英里懷孕了，孩子是我的。我必須負起責任，和英里結婚。」徹也一臉正經八百，語氣中不帶半分愧疚。

我是個負責任的男人，對前女友做出了交代——徹也像在自我陶醉，堅信「我雖然做得不好，但身為獨當一面的男人，我做了值得驕傲的事」。

白熊啞口無言，甚至忘了眨眼，直直瞪著徹也。

別說愧疚，徹也還露出了靦腆的笑容。

一切都說得通了。

徹也從以前就說想要孩子，為了鼓勵生病的母親，才急著結婚。

這麼一來，就形同結婚和小孩，兩個願望一次實現。況且，雖說是英里單方面的說法，但徹也算是和藕斷絲連的前女友修成正果。被英里甩了之後，徹也的心裡其實還是愛著她的吧，所以兩人才會一直糾纏不清。當初，英里不像是那種會和他結婚的女人，於是徹也死了心。而如今英里回頭，甚至願意和他結婚。

英里應該不至於對懷孕的事撒謊，不過，孩子是不是徹也的倒很難說。無論如何，可以確定的是，因為察覺白熊的存在，點燃了英里的鬥志，這就是所謂「失去了才知道珍惜」嗎？英里突然對這段感情覺得遺憾，決定和徹也結婚。

白熊從頭到尾就是個備胎。

即使自己是對方的第一，還是無法接受第二個人存在。希望自己是對方的唯一。回想起來，這些話不過是自己一廂情願。

白熊才是第二。

「妳本來還在忙婚禮，對不起。但妳不用擔心取消費的事。」徹也含糊地笑著。看到那表情，白熊有了不祥的預感：

「難道你要和英里在那個會場……」

徹也搔搔下巴。

「總比取消來得好吧？」

連氣都嘆不出來了。心變得像塊橡皮，明明應該被緊緊地勒住，卻變得不痛不癢，麻木到感受不到任何情緒。她明白反作用力之後才會席捲而來。

臨別之際，徹也說：「謝謝妳。」白熊勉強回應：「我也是，謝謝你。」她不知道自己要謝謝什麼，謝謝這五年來的交往嗎？還是總算和平分手？或是可以不用付婚禮取消費？

白熊與過去的回憶，被強制嵌進了徹也的「美好的回憶」。她覺得自己像是被逼著說出了「謝謝」，好讓這段關係看似以一種美好的形式結束。無所謂。白熊也希望這樣。好好談過，然後結束一段感情。說完「謝謝」就好。

但她怎麼樣都說不出「恭喜」。

徹也和英里要在兩人曾經參觀的那棟純白色禮堂踏上紅毯。

3

新年結束第一天上班，白熊立刻引來桃園關心：

「咦，白熊，妳臉色好差喔。沒事吧？出了什麼事？」

不愧是桃園。

桃園熟知各種人際八卦，但她原本就觀察力過人。也正是基於這些特質，讓她成為一名優秀的審查官。

「我沒事。」白熊簡短回答。

桃園依然納悶地看著她，似乎在說「妳瞞不過我的法眼」。

「妳看起來男人運就不好嘛。」

這是在套話。桃園通常就像這樣隨口一提，讓對方吐露內幕。

「哈哈，這倒是真的。」

「啊，真的是為了男人？」

「今年我要認真工作。」白熊認真地說。桃園噗哧一笑。

「這樣才對嘛。男人會背叛，但工作不會背叛。」

桃園這番話莫名地打進心坎。

白熊深深思索著這句話，目光正要轉回電腦螢幕。此時，辦公室的電話響了。手邊沒事的桃園說了聲「我來」，拿起話筒。

「哦，這樣嗎？請等一下。」桃園看起來有點困惑。她按下保留鍵，看向白熊。

「說要找妳，沒有報名字，女的。」

白熊猜想該不會又是英里。她和英里已經沒什麼好說的，而對方應該也不至於再來找她，更不可能打到辦公室。她內心惴惴不安，看來英里對自己實在造成不小的心理創傷。

「久等了，我是白熊。」白熊緊張地接過電話。

「啊，白熊小姐，我是石田七瀨。」

意外的來電者，白熊手中正要做筆記的筆差點掉在地上。

七瀨和丈夫經營的「石田花店」收到了排除措施命令，因為他們和其他花店聯手，排擠新進花店參與競爭。

後來，七瀨主動承認自家花店的違法事實，並提供天澤集團的違法事證。

「妳還好嗎？雲海是不是對你們做了什麼？」白熊忍不住擔心地問。

公平會請七瀨提出對天澤集團不利的證據，若是被雲海發現，雲海很可能為了報復而妨礙花店生意。

「哈哈哈，我沒事。妳還是一樣愛操心。」

電話彼端，七瀨輕盈地笑了。

「關於加入天澤集團的事，我們決定婉拒。我和從看守所回來的外子談過，決定讓這家花店重新出發。我們還是想要經營自己的花店。雖然少了來自天澤集團的營收，經濟上會變得很吃緊，但心情好多了。感覺終於自由了。」七瀨的語氣透著幾分輕鬆感。

不過，七瀨就連丈夫被逮捕時，也還是能以輕鬆的口氣交談。

「肚子裡的寶寶好嗎？」

「咦，寶寶？比預產期早了幾天，健康出生了。倒是白熊小姐，妳居然還掛念著寶寶的事。」

七瀨一手扶著隆起腹部的身影，深深烙印在白熊心底。她不可能忘記。

「太好了，恭喜。」溫暖的道賀自然而然地脫口而出。

「白熊小姐才是，妳又被騙了呢。我聽說了。」

白熊「咦」了一聲，一時說不出話來。

她不知道七瀨口中的「被騙」指的是什麼。更別說去年，她幾乎一直上當受騙。

「妳們被長澤先生擺了一道，對吧？知道這件事之後，我心想，白熊小姐果然還是老樣子。哈哈哈，妳真的好傻。」

對於哈哈大笑的七瀨，白熊連生氣的力氣都沒了。沒想到連七瀨都說她傻。

以前，白熊最討厭別人叫她傻瓜。她對自己的體力很有自信，卻常在不知不覺中被貼上「肌肉傻瓜」之類的標籤。她並不認為自己聰明，但老是被當傻瓜，尤其教她氣不過。她覺得別人在嘲笑自己是個總是抽到下下籤的蠢女人，而或許這就是她的自卑情結所在。因此，她才會對小勝負這種天生頭腦聰明的人感到排斥。

可是，屢屢被欺騙、陷害，白熊漸漸對自己的愚蠢麻木了。只要與比自己聰明的人分工合作就好。

「啊，說傻瓜太過分了。白熊小姐是人太好。」電話另一頭隱隱傳來笑聲。白熊略感困惑，問道：

「不好意思，七瀨太太，妳打來有什麼事嗎？」

「我想起碼要回報一下老好人白熊小姐。妳在調查飯店的婚宴聯合漲價案，對吧？妳覺得飯店之間都是怎麼聯絡的？」

「一般情況是私下密會。」

七瀨也可能是來探口風，白熊謹慎地回答。

「我問的是，他們通常以什麼方式聯絡密會的日期和時間。使用電子郵件或打電話都會留下紀錄，不是嗎？」

「沒錯，但也視情況而定。有些案子以實體信件聯絡，事成之後就燒掉。妳知道雲海他們是怎麼聯絡的嗎?」

「我原來不知道,是被警察放回來的外子偷偷告訴我的。」

握著原子筆的手冒著汗。

白熊連忙將便條本拉到面前。

「雲海會派人傳話,以免留下證據。但如果飯店員工之間聊起來,也會出問題。因此,他利用我們這些供應商當信差。畢竟業者進出任何一家飯店名正言順,神不知鬼不覺就能讓一家飯店傳話給下一家。」

「也就是說,石田先生也負責傳話?」

「對,我之前完全不知情。外子坦承,他的確曾經協助飯店傳達密會的日期和時間。而且,他願意提供之前聯絡過程的相關資訊。」

「請等一下。『S雅緻飯店』幾個月前換了供應花店,從『石田花店』更換為青柳先生的『布可杜菲』,之後聯絡上該怎麼進行?」

「花店以外還有許多合作業者,似乎會視情況找合適的供應商代替。據說,不是外子傳話的時候,他也會隱約聽人說起密會的時間。但就算知道時間,也不知道地點。真可惜。」

七瀨流露出遺憾的語氣。

公平會已經掌握了密會地點:「天澤飯店S」的九〇七號室。接下來,只要知道密會時間，就能逮捕現行犯。

「能探聽到下次的密會時間嗎？」

「目前還不清楚，但應該快了。因為『S雅緻飯店』的老闆安藤先生已經恢復意識。」

「安藤先生恢復意識？」白熊大吃一驚，忍不住反問。

三個月前，安藤遭人刺傷，陷入昏迷。但她頭一次得知安藤恢復意識的消息。

「咦，你們不知道嗎？」

站在民眾的立場，公平會也是公家機關，按理說會和警方密切分享消息。但實際上，公家機關往往各自為政，互不干涉，除非主動詢問，否則不會主動知會。

「要是能探聽到下一次的密會時間，請立刻聯絡我們。」

「當然，也替我問候那位高個子男生。」

確認了之後的聽取日期，白熊放回話筒。她將談話內容告知隔壁座位的桃園，桃園一聽便睜大眼睛，愣了幾秒後大喊：

「幹得太漂亮了，白熊！只要掌握這項情報，我應該可以讓『溫泉鄉S』的政岡開口。再請政岡協助，逮到聯合行為的現場。」

桃園勤奮地拜訪政岡，和他話家常搏感情，可說幹勁十足，看來差不多該發動攻勢了。尤其目前還有望取得密會時間的情資，完全是天時地利人合。

然而，白熊感到自己仍無法全盤理解狀況，盯著話筒半晌。她想，原來只差一步就能逮捕雲海了嗎？

「安藤恢復意識了啊……完全沒聽說。」白熊說。桃園表情苦澀。

「我也是剛剛聽綠川說了。似乎兩星期前就醒來了。警方正在對他進行偵訊。風見隊長也快氣死了，還說怎麼不早點告訴我們，然後啊……」

桃園停頓片刻，面露難色地說：

「妳冷靜聽我說，警方很快就要請豐島美月以頭號嫌犯的身分配合警署接受偵訊。」

「豐島美月？豐島浩平的女兒？」

「嗯，他的案子是妳負責的吧。北關東圍標案。當時市公所的承辦人就是豐島浩平，對吧？」

「美月怎麼會……？」

「安藤清醒後告訴警方，他沒有看到犯人的臉，但記得遇刺前一刻見到的人。九月二十三日傍晚，有個叫豐島美月的女高中生去辦公室找他。美月指責安藤，宣稱父親會死都是安藤造成的。安藤表示完全不清楚她在說什麼。他向美月否認這件事，兩人因此發生爭吵，美月憤怒地離開辦公室。因此目前看來，要說誰對安藤懷恨在心，美月的嫌疑很大。」

白熊整個人愣住了。她怎麼沒想到這一點？

九月二十三日，安藤遇刺。隔天二十四日，小勝負和白熊開始跟蹤雲海。跟蹤期間，遠山聯絡白熊，通知美月下落不明。

據說前一天二十三日，美月一早就離家。住在北關東的美月要前往安藤居住的S市，雖有段距離，但只要半天的路程。

二十三日，美月拜訪安藤，兩人爭吵後，美月趁夜刺傷安藤，隨後到朋友家過夜，隔天返家。這樣推估起來，時間上吻合。

警方推測犯人身高一七〇至一七五公分，因此眾人都以為是男性嫌犯。但身為排球隊隊員的美月，身高媲美男性，加上體型纖細，只要多穿點衣物就能掩飾女性身分。

「我爸為什麼死了？」

豐島浩平喪禮那天，美月曾如此質問白熊。如今美月深信父親是被安藤害死的，是否因為她查到了父親和安藤之間所隱瞞的真相？

豐島浩平曾參加在「天澤飯店S」九〇七號房舉行的密談，這麼說來，安藤也涉入了圍標案？

眼前一團迷霧。似乎有什麼正在幕後蠢蠢欲動，此刻卻看不出端倪。真相近在咫尺，又遙不可及。

「白熊，妳還好嗎？」桃園探頭過來。

「我沒事，只是一時無法釐清狀況。」

「我也是。等豐島美月本人說明，就能真相大白了。」

白熊點點頭。

美月很快就要前往接受偵訊。她只能靜靜等候結果。

白熊告訴自己繼續工作。

當時她還不知道，美月幾小時後就會失蹤，並且在一段時間後，在奇妙的地點被發現。

4

一月七日上午十點。白熊搓著雙手。

S市綜合醫院的停車場成了一片雪白世界。從昨晚開始，飄起了細碎的雪粒，行人踩得硬實髒黑的冰雪上不斷覆上全新的積雪。

「好冷……」白熊自言自語，拉起羽絨衣的衣領。

這已經是她第三天守在醫院附近。她在定點監視住院的安藤正夫。

這是S市三家飯店婚宴聯合漲價案的調查行動。由安藤經營的「S雅緻飯店」被視為聯合行為的當事飯店之一。

公平會曾要求恢復意識的安藤進行意見陳述，但他當場拒絕，直到現在仍不同意會面。據說安藤已經接受警方訊問，這意味著他願意配合身為被害人的案子偵訊，但面對可能被起訴的案件卻選擇沉默。

三天前，美月在即將應訊的前一刻失蹤了。

白熊十分擔憂美月的安危，想到她可能出意外，背脊就隱隱發涼。

然而，就像上次美月的失蹤一樣，白熊對此無能為力。儘管媒體沒有報導，但美月身為刺傷安藤的嫌犯，警方正投入大量人力尋找她的下落。

美月深信父親是被安藤害死的。她是為了替父親報仇，才不得已做出那種事吧。一想到她走投無路的心境，白熊就心痛不已。

倘若真的以殺人未遂或傷害罪被起訴，未成年的美月，應能獲從寬量刑。白熊只希望她盡快自首，接受妥善的安置。

在停車場圍欄的另一頭，可以望進醫院的庭院。白熊則監視庭院另一邊玻璃帷幕的休息室。住院病患通常會在那裡和訪客見面或打電話。安藤若要與外界聯絡，必定得進入休息室，這裡正是監視的最佳位置。

雖然她可以守在休息室，但醫院對此表達出明顯的困擾。公平會曾拜託院方告知安藤的訪客名單，但院方卻以個資為由拒絕了。

要是警方辦案就容易多了，她想。

一般民眾對公平會很陌生，就算對他們解釋，也不見得能取得理解。不像警察擁有明確可辨的身分，公平會每每要爭取民眾協助，都得費上好一番功夫。

但就算搬出警察比較，怨天尤人也無濟於事。

她既當不成警察，還被徹也甩了。人生就是這麼不如意。

她想起甲賀佐知子那張渾圓的臉。

春節最後一天，白熊去拜訪甲賀。

甲賀在公平交易委員會任職約四十年，是第一位女委員長，也是徹也在空手道道場的學姊。

白熊擔心去道場會碰上徹也，於是直接前往甲賀的住家。她才剛到，甲賀就遞出一張賀年卡，笑著說：

「小楓，恭喜結婚。我收到徹也的賀年卡了。」

甲賀和善的圓臉因笑意而皺成一團。徹也的賀年卡上只寫著：「我今年要結婚了！」

「不，不是我。」

白熊一陣尷尬，連忙解釋已經與徹也分手，以及徹也即將與別人結婚的事。

「咦！怎麼會？」甲賀一臉天真地問道。

「唔，該怎麼說……」白熊含糊其辭。

關於徹也偷吃的事，白熊自然想大吐苦水，但也知道甲賀未來還會在道場遇見徹也。她不想讓兩人之間變得尷尬，最終什麼都說不出口。

她無法原諒徹也，但心思依然紛亂，無法責怪他，也無法向任何人傾訴。隨便提及這件事，到頭來只是傷害了自己，因此她選擇沉默。

「工作怎麼樣？」甲賀依然天真無邪地問。

甲賀這個人很單純，或者說純粹，即使是難以啟齒的事，她也能直爽地提出來。聽說她在擔任審查官時也是如此。

那個年代，職場女性比現在更少。甲賀在爬上委員長位置的過程中，與周圍也有許多磨擦。甲賀一邊在好的意義上發揮著自己的遲鈍，不在乎旁人評價，我行我素地盡好本分——據說是這樣的。

但不清楚本人是怎麼想的。白熊也從未問起。

「還可以……應該說，失敗連連。」強要面子也沒用，白熊坦然地說。

「北關東圍標案，就是我負責的。」

這句話一說出口，甲賀的臉色驟變。

北關東的圍標案曾被大篇幅報導，這是一宗官商勾結的弊案，市公所的承辦人員自殺，公平會也舉行了記者會。

「我也遇過。」甲賀低聲說：「聽取的對象自殺。」

甲賀渾圓的眼睛似乎在遙望過去。

「小楓，妳覺得這世上有英雄嗎？」甲賀突然冒出這句話。

「英雄？」

「對。小時候，我相信一定有英雄。危難的時刻，英雄就會現身化解危機。正義必勝，然後歡喜落幕。可是，隨著年紀漸長，再也沒辦法天真地相信什麼世上有英雄、正義必勝這種事。每個人都畏懼邪惡，雖然想方設法對抗，卻沒有人能真正將邪惡繩之以法，只能憤世嫉俗地宣稱這世上沒有英雄、世道沒有天理，嘲笑那些大力宣揚正義的人。」

甲賀說到這裡停頓。

她注視著白熊，再次開口：

「貫徹正確的事，的確困難重重。那些逃避思考什麼才是對的人，會搬出各種說詞。我告訴妳吧，他們會說，這是不同正義之間的衝突，宣稱多少人就有多少種正義，甚至還有所謂失控的正義、強加於人的正義。我對這些話厭惡至極。」

甲賀伸了個懶腰，又露出笑容。

「只有可以強加於人的事物，才叫做正義。妳必須做對的事。因為妳是公務員。」

「可是，做了對的事，卻有人因此死掉，這樣也沒關係嗎？」

白熊的聲音顫抖。這個疑問始終在心底盤桓不去。

也有人承受不了貫徹正義的代價。豐島浩平就是如此。倘若因官商勾結、操縱標案而遭到懲處，只要接受行政或刑事罰，改善違法之處就好了。這稱得上正義獲得申張吧？但在實現正義的過程中，也有人崩潰尋死。

「總比沒有做對的事，導致有人因此喪命要來得好吧。」甲賀淡淡地說。

「聯合行為、圍標、欺壓供應商，有些人被這些違法行為逼上絕路，丟了性命。能夠拯救這些人的，就只有公平會啊。有人正處在苦難的現實中，等待英雄搭救。所以我們絕對不能放鬆追緝不法……啊，我已經退休了。」甲賀調皮地吐舌笑道。

甲賀這時的笑容，即使過了幾天，仍在白熊的腦中縈迴不去。

世道嚴峻。公司倒閉、老闆自殺、孩童貧困，不論往哪裡走，都沒有安全的路。白熊不知道該怎麼走，才能避免更多的悲劇發生。

因此，她必須思考什麼是正確的。非立下決心，貫徹正確的事不可。

夾雜著雪粒的強風襲來，白熊縮起身體。

說什麼正義、英雄，眼下連在醫院和安藤見面都辦不到。

她想起第六的同仁。

風見為了與檢方協調而焦頭爛額。桃園似乎天天拜訪「溫泉鄉S」的老闆政岡。小勝負則在追查雲海的動向。

為了逮到雲海等人下次密會，他們各自行動。為了在「石田花店」的石田通知密會時間時，能萬無一失地逮到現行犯，眾人東奔西走。

白熊挺直身體，查看圍欄另一頭。

休息室裡有三組人，共六人，但安藤不在其中。上午他多半待在病房。有時午後陽光充足的時段，才會到庭院活動筋骨。

在這個時段監視，恐怕會累死自己。白熊猶豫是否該返回停在附近的車子，但待在車裡看不清庭院或休息室。因此她有時雖會回車上休息，但仍盡量待在外面監視。

車上積了新雪，擋風玻璃變白了。雪花愈來愈大朵。

她邁步返回車上拿傘。

這時一名高個子女子經過眼前。

女子穿著深藍色牛角釦大衣，戴著毛線帽和口罩，雙手插進口袋，低頭看著路面往前走。

白熊的目光落在那張側臉。

她一眼就認出來了。

是豐島美月。

白熊和美月只在喪禮上見過一面。那天的情景始終縈繞在她的腦海，尤其是美月瞪視她的眼神，讓她難以忘懷。

美月沒有察覺到白熊，快步走向醫院。她穿著黑色牛仔褲、黑色運動鞋，背著黑色尼龍背包，加上那高䠷的身形，從遠處看去，或許會被誤認為男性。

白熊趕緊跟上，邊掏出手機低頭查看螢幕，免得被美月發現。

『在S市綜合醫院發現美月。我先跟上。』

白熊迅速傳訊息給第六的成員，沒時間打電話了，只要通知發現美月的消息，同事一定會立刻報警。

美月經過迴車道，從後門進入醫院。白熊隔著約十公尺的距離悄悄跟上。

美月仰望樓層介紹，隨即走向電梯梯廳。

她要去幾樓？要是搭同一座電梯，必然會引起疑心。被發現也無所謂，先抓住她比較好嗎？但美月並非遭到通緝，完全是警方請她自願配合，也難以採取強硬的手段拘束她。

無奈之下，白熊目送美月走進電梯。沒有其他乘客。

她盯著樓層顯示，內心忐忑不安，一心想確認美月的電梯停在幾樓。

安藤的病房在七樓。如果美月要去找安藤，就會停在七樓。白熊焦急地等待。

七樓。果然沒錯。

白熊立刻衝進附近的電梯，按下七樓。

一走出電梯，美月正站在護理站前。白熊假裝滑手機，緩緩走近。

「我來探望我爺爺……對，是安藤。」美月從容地說。

「安藤先生是七〇五號房。」

護理師對美月毫不起疑，立刻告訴她房號。安藤的病房是邊間的單人房。

美月轉身朝病房走去。白熊猶豫是否該追上前叫住她。

美月想對安藤做什麼？白熊左右張望。從護理站到病房沒有別條路。一旦美月想逃，馬上就能發現。

白熊輕手輕腳地跟上，佯裝熟門熟路的態度穿過護理站，沒人喊住她。

美月直直走向病房。

等美月進了病房，白熊立刻跑到門前，抓住滑門式的門，拉開數公分，窺視房內動靜。

是美月的背影。她正站在床邊。

安藤躺在床上，遲鈍地動著，看起來正在翻身，或是尚未清醒。

美月一語不發。接著她放下尼龍背包，從背包裡取出一樣東西。

白熊的心跳加速，那是一個塑膠袋，裡面露出黑色的柄。

是菜刀的刀柄。

她無暇思索。白熊猛地推開門，衝進病房。

「美月，妳在這裡做什麼？」

美月快速回頭，同時將塑膠袋塞回尼龍背包裡。

她一臉驚訝地看著白熊。

「呃，妳是……調查我爸的……」

「我是公平交易委員會的白熊。」

安藤似乎睡得很沉。

美月輕聲回應「啊，對喔。再見」，快步朝門口走去。

「美月，等一下。」白熊急忙叫住她，跟著走向門口。

美月一出病房，便如脫兔般拔腿狂奔。

「等一下！」白熊大喊，美月卻頭也不回。

白熊連忙追上去。只見美月跑過電梯梯廳，一把抓住職員用的室內階梯門，顯然不想等電梯，打算跑樓梯下去。

白熊也衝進樓梯間，下方傳來美月飛奔下樓的腳步聲。

雖然是下樓，但連跑個七層，白熊也不禁氣喘吁吁。

上午十點多，醫院大廳人滿為患。美月推開人群，朝通往停車場的出入口奔去。周圍的人不是急忙讓路，就是厭惡地皺眉。

白熊也不顧他人的目光，窮追不捨，還差點撞到人，連忙反射性地避開，幾乎差點追丟了美月。

一跑出醫院，冰冷的戶外空氣驟然籠罩全身，溫差讓心臟一陣疼痛，彷彿被勒住一般。此時，大朵的鵝毛雪紛紛落下，頭髮瞬間變得濕漉漉的。

「美月，等等！」白熊大喊。她知道，要是直線衝刺會更有利。雪地上難以奔跑，美月也是一樣，兩人的距離逐漸縮短，終於來到伸手就能碰到的程度。

但就差那一步，被美月溜走了。

警察還沒來嗎？通知發現美月的消息還不到十分鐘。警察恐怕還要一段時間才能抵達。

美月衝出沿著山地延伸的馬路，一片雪白的視線前方，冷不防亮起車頭燈的光。

「危險！」白熊大叫，滑壘似地飛撲出去。

美月被以背後擒抱的姿勢重摔在路邊。

車子捲起雪花，揚長而去。

馬路另一側是斷崖，白熊飛撲時的勁道讓身體滾落斜坡，背部重重地撞在斷崖前的護欄上。

她以雙手環住美月的身體。

「幹……幹什麼？」美月肩膀起伏喘著氣，雪花的白和氣息的白交融在一起。或許是跑累了，美月沒有反抗。但擔心她又會逃走，白熊依舊使勁地從後方壓制美月。

「去找警察吧。」白熊的聲音沙啞。「將妳的苦衷向警方坦承，他們會理解的。」

美月轉過頭，瞪著白熊。

「什麼苦衷？我什麼都沒有做。我沒有刺傷安藤。」

沒有刺傷安藤？

白熊一驚，差點鬆手。

「喏，妳嚇到了吧？大家都以為我是犯人。就算向警方投案，他們也不可能相信我。」

美月的後頸散發出汗酸味。她已經連續逃亡三天。一開始可能在漫咖之類的場所過夜，但隨著警方的搜查網愈加嚴密，根本無法進出可能被看見的地點。想必這兩天連澡都沒洗。

「我知道自己很快會被抓。我已經沒錢了，也沒地方可去……坦白說，我想殺了安藤，但我克制了這股衝動。可是，現在我卻得為我根本沒做的事被抓……既然這樣，當時索性做掉那傢伙算了！他可是害死我爸的仇人！」美月這番話說得結結巴巴，白熊一時不明白她究竟想表達什麼。

但是她聽見了。美月強調自己沒有刺傷安藤。

她去見安藤是事實。她也一度對安藤懷有殺意，但終究還是壓下怒火。然而，安藤卻遭人刺傷，並於恢復意識後向警方作證，導致美月蒙上嫌疑。因此美月一不做二不休，與其被當成犯人逮捕，乾脆就殺死安藤吧！美月懷著這樣的決心來到了醫院。

「既然都要被抓，還不如主動投案。警方才會相信妳的說法。」

「可是……」

美月正要開口，遠方傳來長長的呼喊聲：「白熊！」

馬路另一頭，白茫茫的風雪中浮現人影。一盞手電筒的亮光照向兩人，白熊瞇起眼睛。

「白熊，妳在做什麼？」

是小勝負。

他上氣不接下氣，快步奔到白熊和美月跟前，然後蹲下調整呼吸。

小勝負應該在「天澤飯店S」監視雲海。難道他放棄監視趕過來嗎？

「白熊，我擔心妳又要亂來……警察就要到了，妳怎麼搞得渾身是雪？真是蠢斃了。」

迎面而來就是一頓罵，白熊不覺火大。但她很快發現濕漉漉的身體和吸飽了水的髮絲，讓她整顆頭冰冷發痛。

「我們去溫暖一點的地方吧。」小勝負提議。美月也乖乖點頭。

白熊鬆開了抓住美月的手。

背後是護欄。她轉而抓住護欄，整個人壓在上面試圖撐起身體。

「劈哩——」

一道不祥的聲響。

白熊沒有餘裕觀察四周，身體已往後傾斜。她反射性地朝美月的背用力一推。小勝負伸手抓住美月的肩膀，另一手伸向白熊。

白熊也伸出手，卻來不及了。她的身體撞破了護欄，從斷崖的斜坡滾落。

好冷。渾身被雪包住，全身隱隱作痛，像是撞到埋在雪地裡的石頭或殘株。雖然才短短幾秒，思路卻莫名清晰。

護欄是被她的體重壓斷了，還是本來就生鏽而變得脆弱？

她是不是太胖了？

過年期間吃太多了。一方面也是因為和徹也分手後暴飲暴食。

是新年肥啊……

白熊眼前閃過許多無聊的思緒，意識逐漸模糊。

VI 惡行的終結

1

意識恢復了。

好像在一個黑暗的地方。

神智清醒，但眼皮動彈不得。想要移動手指，卻一動不動，就像鬼壓床一樣。

只有聲音是清楚的。

是啜泣聲。「小楓、小楓……」變成怒吼。

你們到底在做什麼？你們不是跟她在一起嗎？為什麼我女兒會遇到這麼危險的事！

孩子的媽，冷靜點，不是他們的錯，他們救了楓……

我才不管！這種工作不能再做了！我一定要她辭職！

聲音忽大忽小，浮現又消失。時間感和空間感都迷失了。

對不起。她聽見一道低語，但立刻又回歸寂靜。

不曉得過了多久。

周圍的世界漸漸明亮起來。就像旭日升起，光線從地平線流瀉而出，一點一滴，光珠傾注在自己身上。全身暖洋洋的。

鮮明的世界回來了。

白熊一睜開眼，醫師和護理師立刻忙碌了起來。她問今天是幾號，有人告訴她是一月十日凌晨。

她一時想不起來昏迷後過了幾天。

茫然地屈指計算，她昏迷了整整三天。在監視安藤期間發現美月，從斷崖摔落，那是一月七日上午的事。

全身關節隱隱作痛，情緒卻奇妙地平靜。

找到失蹤的美月。光是這樣就夠了。

不是為了尋找美月而受傷，而是找到她以後才不小心受傷，連自己都覺得窩囊。果然很迷糊。

肯定又會被小勝負碎唸：「白熊，妳是傻瓜嗎？」

想到這裡，她像嘆氣般「哈哈」乾笑了幾聲。

或許還有更溫和的手段可以留住美月，比如在醫院裡高喊：「抓住那個女生！」向周圍求助。如此一來，也不用在大雪中上演追逐戰，還摔落崖下。

但當下她無暇思考。

她總是在思考之前就先行動，事後才回頭反省各個環節。

美月好好去投案了嗎？在警署得到了適當的待遇嗎？一想起來，又不免擔心起來。

看看病房的時鐘，凌晨兩點。只能等到早上，向來探望的人了解狀況。頭和左腳纏滿了繃帶，不曉得什麼時候才能出院。明明雲海這批人隨時可能密會，居然在重要的時刻捅出簍子，脫離戰線，白熊心急如焚。

一早，母親三奈江來了，說父親敏郎上完夜班就會過來。

不出所料，三奈江放聲大哭。

擔任警察的敏郎受傷時，三奈江也號啕大哭，更逼迫當時就讀警校的白熊退學。強調要是她不放棄當警察，就要斷絕母女關係。

「妳不是說在霞關坐辦公室很安全嗎？原來妳是騙我的嗎？」三奈江責備白熊。

擔心之餘，反而成了責怪。這一點白熊也能諒解。

長年以來，白熊為了大小事不斷被責備，心中早已千瘡百孔。她無法反駁三奈江。因為她明白要是頂嘴，只會引來更強烈、更瘋狂的反應。

「是我自己不小心摔下去的。」

「必須為了工作跑去那種會受傷的地方，這就夠奇怪了！」三奈江厲聲說道。兩眼充血。應該哭了很久。

「妳辭職吧。」語氣決絕。三奈江筆直地盯著白熊的眼睛。

白熊因憤怒而渾身發燙。

辭職？

怎麼能說得這麼簡單？

這五年來，儘管跌跌撞撞，但白熊為這份工作奉獻心力，還因此受了傷。母親為什麼就是不明白？

「妳不是要和徹也結婚了嗎？趁著結婚，辭掉這種工作吧。」

和徹也分手的事，白熊還沒有告訴父母。要是現在說了，只會引來連番砲火：「怎麼會？為什麼？出了什麼事？」

白熊明白母親沒有惡意。她並不曉得兩人的婚事已經告吹。但是對白熊來說，這不僅僅是再次觸痛她的傷口，更是瞧不起她所看重的工作，她怎麼也氣不過。

三奈江是家庭主婦。大學畢業後，曾在小學教過一年書。據說該學區風氣不好，班上的孩子大多調皮搗蛋，對教學工作感到厭倦的三奈江，趁著敏郎開口求婚，便辭職了。

三奈江對職涯和婚姻的觀念，和白熊的世代截然不同，因此才會說出這種話。白熊都能夠理解。

但她再也不想忍耐。

她往往善意地解讀三奈江的心思，告訴自己「媽沒有錯」、「媽是為我了才這樣說」。

但現在的她，再也做不到。

以再美麗的辭藻包裝，也抹不去底層漆黑黏稠的情感。她早就心知肚明。

三奈江只是想要放心。三奈江為了讓自己放心而支配女兒。這不是為了白熊，而是為了她自己。她本人應該沒有自覺。一旦失去了「我是為女兒好才這麼說」的信念，她的世界會就此崩壞。

白熊一直小心翼翼地窺探三奈江的臉色，免得毀了母親如玻璃般脆弱的世界。因為她無法討厭母親。對於白熊的用心，三奈江拿什麼來回報？她的一套愛情。自私的愛情。因為她只能用這種方式去愛人。

「我不會辭職。」白熊斬釘截鐵地說，聲音冰冷得連自己都吃了一驚。

「我再也不想為了妳，放棄自己想做的事。」

三奈江臉色煞白。

不是漲紅，而是變得蒼白。

她不是憤怒，而是震驚。她無法理解女兒在說什麼，她只是感到困惑。

「妳怎麼能對妳媽說這種過分的話！」三奈江怒斥。

「我說這些都是為了妳！我是擔心妳！妳怎麼都不懂？我是妳媽，擔心妳這個獨生女，是天經地義的事！妳去問問其他做父母的，問一百個，一百個都會同意我的話。不論是誰都會這麼說。妳完全不懂為人父母的感受！」

白熊察覺三奈江陷入情緒化反應。這種時候，說什麼她都聽不進去，只會一路斥罵，直到哭累了為止。

「算了。」白熊的語氣變得更冰冷。

「算了？什麼算了？妳給我說清楚！什麼算了！給我說啊！」三奈江抓住白熊的肩膀，粗魯地搖晃。

白熊還在養傷，但氣昏頭的三奈江已經顧不了這麼多。

「過去的事，既然過去就算了……但一直以來，我為了媽放棄太多事，但那些都算了。我不恨妳，所以妳不要再來礙我的事。」

「我害的？妳說妳媽是壞人？我害妳放棄了什麼？喏，說啊，妳說啊！」三奈江的長指甲深深地掐進白熊的肩膀。

白熊忍不住嘆氣。就連白熊放棄了什麼，三奈江都不明白嗎？難道她得一一說清楚才行嗎？

「我本來想當警察，但因為爸受了傷，媽就大吵大鬧，說當警察太危險要我放棄。所以我才放棄當警察……」

「那不是妳自己的決定嗎？」三奈江倏地鬆開白熊的肩膀。

「妳都幾歲了，居然將自己決定的事怪在妳媽頭上？不都是妳自己的決定嗎！」三奈江的聲音如雷霆般轟炸，白熊啞然無語。

她不明白三奈江在說什麼。明明是三奈江要她放棄的。等白熊聽從後，她又推說是白熊自己的決定，企圖撇得一乾二淨。

「妳說如果我當了警察，妳就要跟我斷絕關係！」

反駁的聲音變得沙啞。

三奈江面不改色。

「如果妳真的想當警察，不要妳媽，去當警察就好了啊！當警察和自己的媽哪邊比較重要，是妳自己選的，可別怪到我頭上。」

「明明就是妳害的！」白熊顫抖著身體大喊。

「不是妳害的，那是誰害的？如果不是妳，我到底是為了什麼才放棄！」

這時，三奈江的表情驀地一沉。

「妳就是永遠長不大，媽才會這麼擔心妳。自己的決定，要自己負責。妳爸不就是為自己負責了嗎？」

敏郎因為受傷而辭去警職，目前兼差當警衛，也做些夜間工程。她不曉得父親是否曾留戀警職，但至少表面上看起來雲淡風輕。

「天底下沒有人能事事如意。人要活下去，總得放棄什麼。因為無法如意，得做選擇、做取捨。妳也一樣，自己決定的事，不要怪罪別人。」

白熊一句話都說不出來。難道這一切，都是自己的決定……？

三奈江只要一鬧起來，就無法收拾。白熊已經習慣唯唯諾諾地聽她發洩。三奈江一吵著要斷絕關係，白熊就放棄當警察。難道那時候應該斷絕關係嗎？這樣做現實嗎？

並不是做不到，只要宣布再也不和母親往來，搬出家裡就行了。但白熊沒有這麼做。她沒辦法像挑除種籽一樣，就此將三奈江從自己的人生切割出去。她選擇和三奈江一起過下去。

這是她自己選擇的嗎？

在無法事事順遂的生活中，依照自己的選擇而得到的結果，就該全盤接受嗎？她成不了第一名。每次空手道比賽，總是在決賽中落敗。最想要的事物，總是無法得到。她沒能成為警察，還被徹也甩了。她必須接受連番失敗後的自己，承認這就是自己的人生，就這樣活下去嗎？

要是三奈江沒有反對、要是徹也沒有偷吃……她總是歸咎於他人。儘管被三奈江或徹也說「不要歸咎別人」，總覺得哪裡不對勁，但說到底，別人不可能照著自己的意思行動。若只因為別人不肯照著自己的意思去做而大發雷霆，不就和三奈江沒兩樣了嗎？

三奈江拿起大衣。

「妳等一下要檢查吧?媽晚點再來。」

「媽，謝謝妳。」白熊說。三奈江驚愕地回過頭。

「我不會辭職。如果妳想斷絕關係，就斷吧。剩下的是媽要自己要決定的事。畢竟那是媽自己的人生。」

三奈江怒目瞪視，默默離開病房。檢查結束後，三奈江依然沒有出現。

快中午時，敏郎過來探望，問道:

「跟妳媽吵架了?」看來三奈江已經狠狠地遷怒了父親一頓。

「對不起，媽鬧得很凶吧?」

「不會啦，妳媽從以前就是那樣。」敏郎搔了搔下巴。「我們也生活三十年，習慣了。」

「爸為什麼會和那種人結婚?」

「為什麼……為什麼呢?呵呵，早就忘啦。」敏郎滑稽地笑了。

但白熊笑不出來。

「喏，之前不是有個政治人物也說嗎?人生有起有伏嘛。」

閒聊了一陣，敏郎就回去了。事後聽說，敏郎本來要帶啤酒給白熊，理所當然被護理師攔住了。「為什麼?這是很棒的當地啤酒吔。」敏郎反駁，但當然不被接受。敏郎就是這樣的人。

有其父必有其女，難怪自己會糊裡糊塗地落崖。白熊深刻體認到自己的無可救藥，既好笑又窩囊，忍不住失笑。

下午檢查報告出來，狀況良好。先前似乎是因為頭部遭到重擊而昏迷，外傷並不嚴重，沒有骨折，只有幾處擦撞傷。撞到的頭部也做了CT檢查，沒有特別損傷。偶爾會感到眩暈，但聽說一星期後就能出院，白熊鬆了一口氣。她沒辦法靜靜地待著不動。一直躺在病床上是超乎想像的痛苦。

她覺得身體變遲鈍了，或者說變得好沉重。

醫護人員交代盡量不要活動，但白熊想，在床上做做伸展操應該不要緊，便做起前屈伸展。這時，頭頂傳來聲音：

「已經可以動了嗎？」

白熊維持前屈姿勢，微微抬頭，是小勝負。他穿著黑色西裝，外罩黑色大衣。白熊心想，好久沒看到穿西裝的人了。

小勝負旁邊站著一身制服的豐島美月。她注視著白熊，彎身鞠躬。

「美月，妳不用上學嗎？」

「今天成人日，放假。」

美月從背包取出一包東西，遞給白熊。

「這是一些糕點，不嫌棄的話請用。謝謝妳救了我。」

白熊困惑地接過那包東西，沉甸甸的，似乎是和菓子組合，羊羹配銅鑼燒之類的。

「我……沒有救妳啊。」

白熊睜圓了眼睛看著美月。美月的氣色不錯，這比什麼都讓她感到安慰。

「不，因為妳那樣拚命追我，抓住我，我才能下定決心去找警察。謝謝妳。」

「妳向警方坦承了嗎？」

美月點點頭，開始講述去年九月二十三日的事。

那天，美月假裝去學校參加社團活動，實際上前往S市，去找「S雅緻飯店」老闆安藤正夫。

理由聽來奇妙。美月家的廁所上方安裝了兩根伸縮桿，上面放了兩個藤籃，籃內裝著廁紙、衛生棉等清潔用品。美月取下籃子要拿衛生棉的時候，意外發現籃子底部的一本黑色商務手帳。是父親工作使用的記事本。公平會應該也曾前往豐島家搜證，但並未搜出這本手帳。

豐島似乎將手帳當成日記使用，週間頁面的小欄位裡，以細小的字跡寫下當天發生的事，還有他的想法。從「最近常腰痛」、「聽說美月成為排球隊正式選手了」這類日常瑣事，到「今年也沒有新人」、「無窮無盡的加班」等工作上的抱怨。美月睜大眼睛，仔細閱讀只存在於手帳中、父親從未對自己流露出的那一面。

後來，美月得知父親以公所承辦人的身分參與共謀圍標，內心滿懷罪惡感，卻不知該如何阻止，並為此苦惱不已。手帳裡寫下了遭公平會調查期間的心境，還一度發誓「絕對會守口如瓶」。事實上，豐島最初的態度相當堅決。

然而，去年八月底事態急轉直下。「S雅緻飯店」老闆安藤聯繫豐島，並恐嚇他：「密謀圍標的談話都錄了音。如果不希望錄音被公開，就拿錢出來。」豐島根本拿不出安藤要求的大筆金額，內心感到相當恐懼。豐島認定錄音檔會被公諸於世，於是決定同歸於盡，在公平會的聽取中說出一切。這是九月二日的事。

回想豐島臨走之際，說道：「隱瞞也沒用，能親口說出來真是太好了。」他心中明白，既然錄音檔遲早會被公布，倒不如自己親口說出來。但既然說出來，就必須對同事和相關人士負起責任。最終，他留下遺書：「對不起。請放過我的家人和親戚」，然後自殺。

「我認為安藤害死了我爸。」美月低垂著頭。

「要不是安藤恐嚇我爸，他不至於在調查中坦白一切，也不會自殺……我怎麼樣都無法原諒那個人。」

因此，美月決心前往S市逼問安藤，視情況執行復仇計畫。

美月沒有解釋她打算如何復仇。總之她打定主意，「如果手帳裡寫的是真的，絕不輕易放過安藤」。

沒想到，安藤乾脆地承認了錄音的事，還理直氣壯地反駁：「是妳父親做了壞事，我只是要揭發他的惡行。我可沒做壞事。」

美月當場氣得發抖，心中湧上殺意。

然而只差一步，她提不起勇氣，便撂下一句「我一定會殺了你」，就此離去。心煩意亂的她不想立刻回家，於是投宿在朋友家。朋友的母親在酒店上班，晚上家裡只有小孩。她和朋友閒聊到很晚，完全沒想到自己已被通報失蹤。

隔天早上，她得知安藤遭人刺傷的消息，內心一陣竊喜。雖不清楚犯人的身分，但肯定是其他怨恨安藤的人動手。當下她真想向犯人道謝。

意外的是，安藤保住一命。

「妳朋友可以證明安藤遇刺時，你們兩人在一起吧？」白熊小心地確認。

美月點點頭。

「一開始警方並不相信我。」

直到美月交出和朋友見面前的訊息紀錄，以及晚上在超商購物時的電子支付紀錄，警方總算採信了她的說詞。

「安藤恢復意識後，向警方影射我可能是犯人。當時我真的很憤怒，就好像全世界都把我當成犯人一樣。我想，與其成為代罪羔羊，索性殺掉安藤算了。還好最後被白熊小姐阻止。」

美月在安藤的病房取出塑膠袋，袋口露出疑似刀柄的物品。看來真的是菜刀。

「嚴格來說，妳的行為符合預備殺人罪。」始終保持沉默的小勝負開口：「慶幸的是，警察沒那麼冷血，決定只將美月送交輔導。」

「太好了……」白熊放心地嘆了一口氣。

「白熊小姐，真的很謝謝妳。」美月再次鞠躬。「雖然我還是無法原諒安藤，但還好當時我沒有動手。想起曾動念殺掉他的自己，就讓我覺得害怕。」美月注視著自己的雙手。

「安藤的確很惡劣，但我爸也做了壞事，才會被迫走上絕路……我實在不曉得該怎麼去面對這些事。」

美月再次鞠躬。「謝謝妳。為了我爸，還有我。」

接著她抬起頭，看向小勝負，微微一笑。

「那，我先告辭了。我可不想當電燈泡。」

「嗄?!」小勝負和白熊同聲驚呼。

美月賊笑著走出病房。

「她誤會了。」小勝負聲音一沉。白熊也點點頭。

小勝負在床邊的圓凳坐下。

兩人都沒有開口。

白熊思忖是否該謝謝他特地來探望，但總覺得眼前的氣氛難以開口，於是保持沉默。

「妳媽有夠嗆的。」小勝負冷不防冒出一句話。

「我媽？」

「嗯，我被她揍了。」

「揍？我媽打你？」

「嗯，唉，也是沒辦法的事啦……」小勝負垂下頭，雙手在膝上交握。

他接著說明，第六的成員一起來探望尚未恢復意識的白熊，湊巧遇上了來探病的三奈江。小勝負當場解釋白熊受傷的來龍去脈，並為沒能及時抓住她而道歉，卻被三奈江冷不防一巴掌摑來。

三奈江大吼：「萬一這孩子因為你而死掉怎麼辦！」

白熊不由得臉上一燙，明明是自己不慎落崖，就算小勝負沒來得及搭救，也絕對不是他的責任。而且，小勝負立刻叫了救護車，並推測出白熊摔落的地點，告訴救護人員。要是救援延遲，別說受傷了，白熊可能早就因為失溫而死去。真要說起來，其實是小勝負救了自己。

「對不起，我媽就是這樣。」白熊略感歉意地說。

「啊，我不是那個意思。」小勝負抬起頭來，認真地說：

「沒能拉住妳，對不起。想到萬一妳就這樣再也無法恢復意識，我真不知道該怎麼辦才好。」

小勝負難得坦率地說出心聲。

白熊詫異地盯著小勝負，依然是那張看不出表情的臉。

察覺到白熊目不轉睛地盯著自己，小勝負稍微板起臉孔。

「不過，說起來，妳怎麼會這麼剛好就瞄準護欄生鏽的地方靠上去？尾牙也是，妳連續五年抽到幹事對吧？」

「這和尾牙無關吧？」

「當然有關。」小勝負不知為何認真起來。「妳的運氣實在背得離譜。是天文數字機率的背。目前公平會共有七百五十七名職員，其中在霞關算得上新手的職員有一百一十三名。這一百一十三名中的其中一名，連續五年抽到幹事，妳覺得機率是多少？」

小勝負嚴肅地看著白熊。

白熊愣住了，突然意識到小勝負在問她機率。

「我哪知道！反正你要說我運氣超差的，對吧？」

「一百八十四億二千四百三十五萬一千七百九十三分之一。」

小勝負滔滔不絕地給出了答案。

「呃、咦……？」白熊驚訝地張大嘴。「你怎麼算的？」

「不要用那種像看到恐怖生物的眼神看我。小學大家都學過乘法。總之，妳的運氣之差是天文數字等級的。所以妳會在空曠的地方摔倒、遇到河川就會溺水、有斷崖就會跌落。這一點是我的疏忽，才讓妳受了傷，我覺得很抱歉。」小勝負低頭行禮。

雖然白熊不清楚這番話到底在對誰道歉，又隱約覺得自己像被取笑了。但觀察起來，小勝負的態度一本正經。

「沒事啦，頭抬起來啦。我都得救了，這樣就好了。遇到這麼多事還能活蹦亂跳的，說不定我還算運氣好呢。」

小勝負一臉懷疑地盯著白熊。

被他這樣直視，白熊忍不住心跳加速。雖說差不多也習慣了，但面對這張俊美的臉龐，仍會感到一絲緊張。

「妳千萬要小心。也有些人心腸太好又莽撞，卻因運氣不佳而丟了小命。」小勝負再次認真地提醒。

白熊完全不懂他在說什麼。但她心裡很清楚小勝負是在替她擔心。於是不假思索地說：「唔，真的沒事啦。」

「女人說的沒事最不可信。」小勝負的表情苦澀。

的確，很多女性嘴上說「沒事」，卻渴望獲得旁人的關切。白熊心中一動，意識到小勝負或許有過類似的苦澀經驗，臉上浮現笑意。

五天後，白熊出院，隔週十七日重返工作崗位。

後來，她和三奈江之間一句話也沒有交談，但三奈江也沒有吵著要她辭職。或許敏郎對三奈江說了些什麼。

白熊一走進霞關的聯合辦公大樓，便受到盛大的歡呼。

守里飛撲上來，緊緊地抱住她說：「我擔心死了！」連綠川也來了，默不作聲地放下一袋香草茶包。

「身體已經沒事了嗎？」風見關心地問，白熊點點頭。

「好，那來召開作戰會議吧！」

「作戰會議？」白熊一臉疑惑。

「終於確認了婚宴聯合漲價的密會時間。二月十三日晚上九點。這是我們的最終決戰。」

風見的眼中閃爍著興奮的光芒。

終於要前往密會現場逮人了！想到這裡，白熊心中激動不已。

「上星期，石田夫妻聯絡我們，表示安藤雖然已經出院，但似乎認為一出院就碰面不妥，因此打算隔一個月再進行密會。」

「不過，關於現場逮人，具體來說該怎麼做？」白熊問。

「妳看。」桃園舉起一疊筆錄，笑臉盈盈。

「我攻陷『溫泉鄉S』的政岡爺爺了，呵呵呵。」

上星期，桃園將政岡帶來霞關。當時政岡已經完全被桃園迷倒，眼睛始終停留在桃園身上，甚至不想和其他職員說上半句話。

「我不能害千代子傷心！」

據說政岡如此奮勇地告白。

白熊瞬間納悶起千代子是誰，得知是桃園的名字時，不禁大吃一驚，暗忖著原來桃園姊的名字那麼古典，和本人的氣質截然不同。

最好能直闖密會現場，但不可能得到飯店業者同意。

因此，他們決定在政岡的協助下，在密會時錄音。

終於只差一步就能拿下雲海的首級。

去年開始，近半年以來，白熊為了追捕雲海，掉進河裡、被關進書庫，名符其實地遍體鱗傷。

貫徹正義的事很難。

但世上還是有英雄。

正義必勝。

白熊深吸一口氣，走向辦公桌，為即將到來的決戰做好萬全的準備。

她沒有絲毫的迷惘。

2

二月十三日晚上九點，白熊和三位同伴坐在車裡。

車子停在離「天澤飯店S」約三百公尺遠的無人碾米廠停車場。行車稀疏，只有偶爾經過的車輛燈光照亮外面的馬路。

桃園讓政岡帶了兩支手機，一支得在雲海面前關掉電源，另一支則暗中帶著，在密會中錄音，並保持與白熊等人的通話。

白熊這邊的聲音已設成靜音。他們預定將電話裡傳來的聲音錄下來作為證據。

『啊，你好，好久不見。』連接手機的汽車喇叭傳來政岡的聲音。

『政岡先生，你還是老樣子，和服真瀟灑。』接著是雲海。

『對了，政岡先生，今天可以幫我個忙嗎？安藤那傢伙出了點事，今天得好好教訓他一頓。場面可能會有點火爆，請你全盤交給我處理。』

『那……我要做什麼？』政岡的嗓音沙啞。

『什麼都不用做，幫我和安藤的對話做個見證就行。』

『沒問題。』

接下來是一段沉默。

幾分鐘後，傳來門把轉動的金屬聲。

『哦！都到了。』一名男子渾厚的聲音。應該是安藤。

『哎呀，這就叫九死一生嗎？連我都覺得自己是強運人呢。』安藤豪邁大笑。

『身體都好了嗎？』政岡問。

『好得很。但昏迷太久了，感覺就像浦島太郎呢。』

『好了……』雲海拉回主導權。『今天謝謝兩位過來。有件事無論如何都得和兩位商量……首先……』

傳來一陣紙袋磨擦的沙沙聲，緊接著是嗶嗶嗶的電子聲，音量大得幾乎刺痛鼓膜。

『唔，這個房間被竊聽了。政岡先生，你知道是怎麼回事嗎？』

車裡瞬間緊張起來，四人彼此對望。

『不清楚。』政岡簡短回應。

「應該沒事。」小勝負壓低聲音。「偵測器是集中偵測竊聽使用的無線電頻帶，不會偵測到家電和手機頻帶的電波。」

看來和政岡的手機無關。但白熊還是緊張地嚥了口唾液。雲海或許是在試探政岡。

嗶嗶嗶電子聲愈來愈響亮，聽得頭好痛。雖說僅短短幾分鐘，感覺卻好漫長。

『啊，找到了。』雲海的聲音。

『在床後面。居然藏在這種地方。』

電子聲停了。應該是雲海關掉了偵測器或竊聽器的電源。

『是竊聽器嗎？第一次看到。』政岡說。

『好了，安藤，這是怎麼回事？』傳來雲海冰冷的聲音。

『什麼怎麼回事？你什麼意思？』

『安藤，我就是在問你！少給我裝蒜！』雲海暴喝。

『證據都找到了！給我從實招來！』

『我不懂你在說什麼。』

『好，你不說我說！安藤，你將密會房間的對話錄了音，打算拿來勒索，對吧？你靠這個賺了多少？你說！』

『你有什麼證據？這裡不是你的飯店嗎？就算想裝竊聽器，也會被飯店的清潔人員發現吧？還是說，這家飯店都是一群廢物，連個竊聽器都找不到？』

『我飯店裡有個叫碓井的。』雲海沉聲說道。

碓井，白熊聽過這名字。早在稽查前，長澤就警告公平會要小心這男人。從稽查當天的印象，身形削瘦的碓井看起來性格有點軟弱。

『碓井是婚禮部門長。他想往上爬，但有個叫長澤的資深飯店經理擋在他前面，而長澤離退休還很久。碓井對於升不了職的處境很不滿。我一度聽從碓井的建議，逼長澤離職。但現在長澤回來了，我開除了碓井。你知道為什麼嗎？』

『誰會知道你飯店的事？』

『碓井背叛了我。』

這口氣幾乎可說是恫嚇。白熊想起雲海扔出手搖飲杯的那張凶惡嘴臉。

『碓井和你勾結，長期以來監聽這個房間。你們計畫用錄音來勒索參與圍標的人，大撈一筆對吧？碓井已經都招了。』

房間裡陷入一片死寂。

安藤正在等雲海出招吧。白熊等人一語不發，交換了眼神。

美月提到的「錄音檔」，指的就是這件事。安藤和碓井聯手錄下圍標密會現場的對話，並利用這份錄音，勒索豐島等與會人士。

美月將這件事向警方告發，但她手邊沒有任何證據，警方無法以恐嚇罪逮捕安藤。安藤也一樣，想必看準了警察並不會輕易採信一名女高中生的證詞。

『碓井在哪裡？』安藤的聲音在發抖。

『你說呢？』

『我被碓井騙了！碓井才是主謀！都是他拜託我，我逼不得已才配合他。』

『聽你在放屁！少在那裡找藉口！誰是主謀都無所謂。你背叛我。你女兒在S市的觀光協會上班吧？她老公在S銀行。你別以為他們可以繼續在這裡工作。你的孫子還在讀幼兒園吧？你的寶貝繼承人，將來真的有辦法平安上小學嗎……？』

『等、等、等一下，你聽我說！被碓井哄騙搞出這些事，是我錯了。可是我並不算背叛你。我也是挺身而……幾乎是賣命來守密啊！』

『什麼意思？』

『刺傷我的犯人就是碓井。』

白熊倒抽了一口氣。其他三人也浮現緊張的神色。

『後來，我們起了爭執。你還記得之前北關東的圍標弊案？本來就要拿到錢了，可承辦人豐島遲遲不肯付，向公平會告發後就自殺了。碓井卻認定我拿了錢，吵著要他那一份。那天傍晚，豐島的女兒來找我，似乎已經知道錄音檔的事。我用人頭手機打給碓井，想說服他暫時停止監聽密會。但碓井利欲薰心，不肯答應。我們愈說愈難聽，最後我威脅他：「要是雲海知道你背叛他，他會怎麼做？」碓井就掛了電話。緊接著我就挨了刀，還湊巧看到他的臉。』

『你確定是碓井？』

『對，他動手時看到的。但要是供出碓井，房間的事也會曝光。所以我才沒有向警方告發，轉而讓豐島的女兒背黑鍋。警察完全查錯方向。我差點就沒命了。我恨死碓井了，但我還是忍下將碓井交給警方的衝動，守住了這個房間的祕密。喏，就看在我肚皮這一刀的份上，饒過我吧！』

房間內再度陷入沉默。

『錄音在哪裡？』雲海低吼。

『我將我手裡的都交給你，也在你面前將備份全數銷毀。你相信我！』

『廢話，我是問碓井手上的錄音。碓井完全不鬆口。』

『碓井在哪裡？』

『從昨天就落在我手裡。我可沒對他做什麼。這裡是飯店，房間多得是。我得聲明，這可不是監禁，是他主動要住下來的。他主動住下來，主動說他一步都不想離開房間。我想，只要他肯說出錄音檔的下落，心情就會變得舒坦，願意離開房間。』

『哈哈哈，這詭辯還真有你的風格。』

見雲海將矛頭轉向碓井，安藤似乎放鬆下來，愉快地笑了。

不料雲海的怒吼再度爆發。

『還敢笑！搞清楚你的立場！』

接下來，雲海和安藤討論交付錄音檔的細節。

『安藤，你要是敢糊弄我，我絕對饒不了你！』雲海最後警告，然後三人各自離去。

手機通話結束。

一時間，沒有人開口。眾人都難掩興奮地彼此對望。

「這下子抓到驚天證據了。」桃園輕聲說。

「立刻通知警方吧。」白熊激動地說：「碓井就在『天澤飯店S』的某個房間裡。以監禁嫌疑的名義申請雲海的逮捕令，發動逮捕的同時澈底搜索飯店，找到碓井後，再以刺傷安藤的嫌犯身分進行逮捕。」

「不，很困難。」風見苦著臉。

「什麼意思？」

「雲海剛才也說了。」小勝負接話：「即使只是表面說詞，但如果碓井聲稱是主動入住，就不能說是受到雲海監禁。至少依現狀，監禁罪成立的證據並不充分。光憑錄音，法院也不會簽發逮捕令。」

「那……或是以刺傷安藤的嫌犯為由，向法院申請碓井的逮捕令，進入『天澤飯店S』逮捕碓井？」

「這也很困難。碓井是嫌犯的證據，只有剛才那場密會的錄音。要說能不能靠這段錄音拿到逮捕令，坦白說很難。就算要試，也得花好幾天準備。在程序拖拖拉拉的期間，或許雲海早就將碓井移到其他地方。」

「該怎麼辦？明明離真相那麼近，卻得眼睜睜放過？」

桃園將手搭在白熊肩上。

「冷靜點，我們是公務員，必須循合法程序對抗。」

壞人可以不擇手段發動攻勢，正義的一方卻無法採取任何不正當的手段，只能遵守法規對抗。白熊明白，既然握有權力，這就是無可避免的過程。但就差一步而已。限制行動的腳鐐讓人咬牙切齒，焦急不已。

「還有一招。」小勝負冷不防開口。

「要證明監禁和刺傷需要時間。但各位試想，雲海曾經犯下一個明確違法的行為。」

白熊猛地抬頭。

「拒絕稽查？」

「沒錯。他違反了《獨占禁止法》第四十七條第一項第四款。雲海的做法符合違法行為的要件，當時他還叫囂，要是我們敢就逮捕他。說真的，這項規定的罰則從來沒有被執行過，我們也早就放棄申請逮捕令和搜索狀。但如果背後涉及監禁和刺傷案，我想檢警雙方都會認真起來。」

風見撩起瀏海，露出自信的微笑。

「看來輪到我上場了。我最擅長——」

「疏通，對吧？」小勝負瞪大了眼睛。

「原來你知道？」

「第一次見面那天，風見大哥不就這麼說了嗎？我記憶力很好的。」小勝負懶散地打了個哈欠。

3

隔天，眾人忙得暈頭轉向。

風見的活躍更是非比尋常。他向本庄審查長及更高層說明情況後，立刻趕到檢察廳，與宇都宮地檢完成協調，由地檢將情資轉達給栃木縣警。據說眾人面對面討論程序後，向法院申請了令狀。

下午五點，風見意氣風發地回到大辦公室，還來不及喘口氣，就鞭策眾人：

「明天真的是最後了。要傾全力作戰！」

各人回到自己的座位，準備出差事宜。準備好的成員將趁今晚依序前往S市。

下午六點過後，小勝負帶著行李站起來。

「白熊，走吧。」

「走去哪？」

「今天我開車。上車吧。」小勝負理所當然地說。

「你不是不開車嗎？沒問題嗎？」

「九年沒開了，但應該沒問題。總比讓剛復元的妳開車要來得安全。」

白熊本來打算自行開車前往。她的身體狀況完全沒問題。小勝負應該是出於體恤她的狀況，她不好意思拒絕，心想要是這男人的開車技術太可怕，再換自己開也行。

白熊匆忙準備，坐上副駕駛座。

「累了就睡一下。」

「就算你這樣說，坐在九年沒開車的人旁邊，我實在睡不著。」

說歸說，白熊還是不知不覺中睡著了。既然睡得著，表示小勝負的駕駛技術應該沒那麼糟。

抵達飯店大廳，兩人走進電梯時，白熊低聲問：

「明天會順利嗎？」

「一定要順利。」小勝負簡短地回答，走出電梯後，便大步走向自己的房間。

「喂。」白熊在房間前叫住他。小勝負回頭，不耐煩地瞇起眼睛。

白熊從皮包裡取出一顆滋露巧克力，遞到他面前。

「給你。」

「這什麼？」

「今天是情人節。」

「咦！」小勝負驚訝地看著白熊。

「上次的事還沒向你道謝。我墜崖那天，你幫我叫救護車，還推測我可能掉落的位置並通知救護人員。要是晚一步，我應該早就死了。謝謝你救了我。」

小勝負側過身體，伸手接過巧克力。

「呃，哦，謝謝。」

此時，走廊深處的製冰機傳出「波……」的聲響。

「不過怎麼說，妳的命只值一顆滋露巧克力嗎？」

「什麼啦，有就該偷笑了吧？這兩天忙翻了，我只有空去超商啦。」

「這年頭，超商還有更豪華的巧克力……」

「你夠了喔！晚安！」白熊丟下這話，小跑步回到自己的房間。

不用小勝負說，她也知道超商還有更豪華昂貴的巧克力。但送他太貴的巧克力，也教人難為情。所謂人情巧克力，當然是要一看就知道是人情。

她也不希望小勝負覺得過於刻意。不過，小勝負完全不這麼覺得吧。考量小勝負或許會考量這一點，她對這樣的自己感到難為情，而為這點小事難為情的自己更讓她感到難為情。所有的一切都像連環套一樣，所有的一切都讓人難為情。

白熊粗魯地開門進入房間，一心想盡快上床入睡。

二月十五日，上午十點。白熊等四人抵達「天澤飯店S」。

後面跟著綠川，還有宇都宮地檢的檢察官及栃木縣刑警。

停車場的警車陸續走下警察。一行人穿過飯店正面入口。

「天澤雲海在嗎？」刑警大聲說。

正在大廳裡走動的住客同時回頭。休息區貼著印有「草莓午茶祭」等文字的海報，不少女性在排隊。一行人無視周圍的喧鬧聲，直直往裡面走去。

長澤從櫃檯裡跑了出來。看到風見，便靠上前說：

「又是稽查？本飯店拒絕配合。今天雲海先生也在。」

風見的嘴角浮現一抹笑意。

「今天不是稽查喔。刑警先生，給他看看。」

刑警走上前來，亮出一張紙。

「這是逮捕令。我們要逮捕天澤雲海，請帶我們去他的辦公室。」

長澤臉色蒼白，像壞掉的機器般僵硬地點頭，帶領眾人搭乘業務電梯前往最頂樓的高級套房。

「開門。」刑警低聲說。長澤取出主鑰匙，轉開門鎖。

雲海正坐在書房，蹺起一條腿，喝著墨綠色的冰沙。看來也是他收購的冰沙店飲品。

看到刑警朝自己走來，雲海表情微微一變。

「天澤雲海，這是逮捕令，請跟我們回去。」

刑警出示逮捕令。

「逮捕？我做了什麼？」

白熊上前一步，聲音微微顫抖。

「你們的前員工碓井健司在哪裡？」

原本應該由隊長風見發言，但這次風見指示由白熊說明。他的理由是「讓年輕人累積經驗」。這讓白熊全身緊繃。

雲海看向白熊，流露出一種睥睨髒東西的眼神。

「誰知道？」

「你是不是監禁了碓井？」

「監禁？妳在說什麼？」

「你長期提供九〇七號房作為聯合行為的密會場所。同時收取昂貴的住房費，提供可隱密進出的安全空間。然而，密會房遭人錄音外流，接到利用者的抗議後，你查出『S雅緻飯店』的安藤牽涉其中。但安藤遭人刺傷，昏迷不醒。你一定十分焦急吧。因為意圖刺殺安藤的人，很可能搶走安藤手中的錄音檔。你拚命想找出刺傷安藤的犯人，而你也必須搶先警方找到犯人，萬一真凶落網，就可能向警方和盤托出。」

「我完全聽不懂妳在說什麼。」雲海插嘴。白熊心下明白，他試圖打亂她的步調。

「請聽到最後。」白熊不服輸地接著說：「你玩弄了一個計策。『石田花店』平日受你照顧，但你卻在不久前，指控他們販賣罌粟這種違法植物。你先恐嚇花店要向警方告發，並指示石田正樹帶菜刀去見你。石田不明就理，遵照你的指示。這是安藤遇刺隔天發生的事。一旦同一地區的飯店老闆連續遭持刀攻擊，就會被視為同一人連續犯案。你的目的，就是要將石田先生塑造成刺傷安藤的嫌犯。」

「說什麼塑造嫌犯，石田不是已經洗清嫌疑，順利獲釋了嗎？」

「反正你只是要爭取時間，只要能拖延警方辦案，你都會不擇手段。因為你要搶在警方前逮住真凶，取回錄音檔。」

「這都是妳的推測。夠了吧！」雲海不悅地皺眉。白熊不理會，繼續說：

「雖然不曉得你怎麼查到的，但當你察覺在九〇七號房錄音的內賊就是碓井時，你便決定威脅安藤。後來，你意外得知刺傷安藤的犯人就是碓井，肯定鬆了一口氣吧？因為只要搞定碓井，就可以回收錄音檔。可是，碓井不肯說出將錄音檔藏在哪裡。所以你決定監禁碓井，直到他鬆口。」

「哈哈哈哈，血口噴人也要有個限度。好吧，碓井的確住在飯店，但他可是自願入住喔，登記簿上有紀錄，登記表上也有他親筆填寫的資料。慢著，住宿登記簿和登記表……？」

雲海不自覺流露出一絲驚惶的神色。但很快恢復冷靜，雙手扶桌起身，走到白熊面前，臉上浮現惡意的微笑。

「我知道了。你們從書庫裡偷走了住宿登記簿和登記表吧？」

「為什麼會這麼想？」白熊冷靜地反問。

雲海此舉形同承認九〇七號房就是密談場所。

「理由就不說了。」雲海變得保留，指著白熊說：

「我立刻派人去調查，然後告發你們。」

「提告是你的自由，但你只會白忙一場。因為書庫裡沒有任何物品被帶走。」

白熊回頭看小勝負。

小勝負微微點頭，上前一步。

「我全背下來了。」

「什麼？」雲海反問。

「住宿登記簿和登記表上九〇七號房的所有入住資料，我全背下來了。一回到辦公室，我就靠記憶整理成一份名單。針對這家飯店會進行的每一起聯合行為，我們很快會進行查緝。原本大受歡迎、被視為隱密安全的密談房，一旦被大舉查緝，那些曾使用過房間的人想必會恨死你吧，雲海先生。說不定還會叫你把錢吐回去呢。」

雲海的臉色瞬間變得慘白。但一雙眼神依舊剽悍，沉默地瞪著小勝負。

「坦承一切，配合警方和公平會辦案，對你才有好處。」

雲海的太陽穴陣陣抽動。

「你們再繼續虛張聲勢吧。這不符合監禁罪的要件，你們不可能拿到令狀。」

「咦？」風見佯裝一臉錯愕。「誰說是監禁罪的逮捕令？」

他向刑警使了個眼色。刑警將逮捕令亮到雲海面前。

「罪狀是拒絕稽查，違反《獨占禁止法》第四十七條第一項第四款。根據同法第九十四條，處以一年以下徒刑或三百萬圓以下罰款。」

「祈禱破財消災吧。」風見賊笑著。

「這項罰則從來沒有被執行過。」雲海說。

小勝負站到雲海面前，筆直地注視著他。

「你以為沒有前例，公務員就會放棄嗎？大錯特錯。別以為犯法不會受懲罰。這是以正義治國的國家。」

雲海的臉漲得通紅，手指微微顫抖著。

他抓起桌上的花瓶，惡狠狠地砸向眼前的公務員。

碎片紛飛，眾人四下閃避。

小勝負動也不動，厲聲說：

「你們的惡行結束了。」

警察快速逼近雲海。雲海兩眼暴睜，緊抿著嘴，彷彿已下定決心。

下一秒，他踹起散落在地板的花瓶碎片。

眾人同時後退。白熊也反射性地閉上眼防備。突然間，她被雲海一把拉過去。睜眼一看，雲海的臉就在旁邊。

雲海以左手箍住白熊的身體，右手抓著美工刀，刀尖對準她的脖子。

「不許動。敢移動一步，我就割斷這女人的脖子。」雲海怒喝，拖著白熊的身體，緩緩往門口移動。

一旁是滿臉懼色的綠川。

白熊嘆息了一聲。

雲海果然窮途末路。他要是挑選綠川就好了。

眾人的目光都集中在白熊身上，現場一片死寂。

白熊調勻呼吸，腳一口氣往後收，電光石火般勾住雲海的腳，右手撥開美工刀，左手揪住他的衣領。腰部一個迴旋，將雲海拽倒。

雲海倒地時一臉驚愕。白熊緊緊揪住他的衣領固定脖子，使勁勒住。雲海嘴巴半張，才露出痛苦的神情，下一秒就昏厥過去。

白熊鬆手，慢慢撐起身體。

「他沒事吧？」綠川低聲問。

「沒事，只是昏過去。是絞技。」白熊俯視著癱軟在地的雲海，輕聲說道：「之前保護你的時候用過這招，沒想到這次會用在你身上。」

雲海面朝上躺著，灰敗的臉色已經答不出話來。

「妳的絞技真漂亮！」一名警察上前，佩服地說。

「哈哈，還好啦……」白熊尷尬地微笑。

警察迅速拘束雲海，以長澤準備的擔架將他抬走。

風見看著這一幕，不禁喃喃自語：

「太瞧不起我們公務員了。這就是他失敗的原因，對吧？」

察覺到風見熱烈的目光，小勝負一臉麻煩地搔搔頭。

「隨便啦，我餓了。」小勝負憋著哈欠，埋怨地說：「我從一早就只吃了一顆滋露巧克力而已。」

4

河邊是成排的梅樹，微風輕拂，樹木一齊擺動，恍如一襲淡紅色的花簾。梅花與蔚藍晴空的對比，讓人看得出神。時序進入三月中旬，這幾天即使只穿一件風衣，也不覺得寒冷了。

「妳好像過得不錯。」

走在前面一步的遠山頭也不回地說。

「只是看起來有精神而已，其實是遍體鱗傷。」

白熊輕鬆地回應，試圖避開沉重的話題。

兩人剛從豐島浩平的墓上香回來。

他們一直向家屬詢問能否去上香，但多次遭拒。家屬不想見到讓丈夫走上絕路的公平會職員。但這一次，豐島的妻子終於同意兩人去上香。因為白熊帶回了下落不明的美月。

「碓井和長澤以後會怎麼樣？」白熊喃喃說。

雲海遭逮捕後，他們說服長澤，讓檢警稽查飯店內部，並指出碓井涉有犯罪重嫌，必須找出碓井帶回偵訊。沒想到長澤乾脆地主動協助。

「我一直覺得他不可信任。」長澤不停地抱怨，讓人懷疑兩人之間是否原本就有嫌隙。

最終，碓井順從地配合警察前往警署。或許是覺得總比繼續被監禁來得好，並在偵訊中坦承自己刺傷安藤，隨即以殺人未遂罪被逮捕。

「那個長澤會留在飯店吧？」遠山問。

白熊點點頭。

「他是個忠誠的人，說要守住飯店，等雲海回來。」

一身筆挺飯店制服的長澤，面色潮紅、激動地述說著決心。雲海似乎曾對他說：「飯店就拜託你了。」明明被雲海當牛馬使喚，卻還是要追隨他，看在白熊眼裡，長澤這個人實在很奇特。不過，看到他以飯店經理的身分神采奕奕地忙碌著，她心想，或許這樣才是對的。

「這次大量查緝可是大功一件。雖說是你們辦出的成果，但我也與有榮焉。」

遠山回頭，視線很溫柔。白熊感覺倦怠的情緒瞬間消散。

透過小勝負背下來的住宿登記簿和登記表資料，公平會將「天澤飯店S」九〇七號房中進行的聯合行為全數揭露。過去從來沒有如此大量的案件一口氣被查緝的先例。分析證物的工作彷彿看不到終點，忙碌的日子持續著。

雲海因協助多起聯合行為，再度遭逮捕。

安藤則是以恐嚇多名聯合行為當事人的嫌疑受到偵訊，一旦證據齊全，將會被起訴。

看來共犯碓井除了殺人未遂，還會再加上一條恐嚇罪。

至於婚宴聯合漲價案，也搜集到充足的證據。公平會朝祭出排除措施命令的方向進行調整。

「妳在新團隊，有什麼收穫嗎？」

「收穫……我終於發現自己有多糊塗，是天文數字機率的糊塗。」

「到底在說什麼？」遠山的嘴角揚起笑意。

「我一直很倒楣，對吧？總是抽到下下籤，個性糊裡糊塗。這讓我始終耿耿於懷。但我現在已經認了，看開了，也不再討厭或嫉妒那些聰明的人。」

遠山露出調侃的笑容，走近白熊。

「妳和小勝負順利嗎？」

「咦，就一般啊。」白熊謹慎地回應。

遠山微微歪頭。

「你們不是在交往嗎？」

「嗄？怎麼會傳成這樣？」白熊強硬地反駁。

遠山似乎嚇了一跳，趕緊補充：

「不是嗎？哎呀，抱歉抱歉。」

「怎麼會傳成交往啦？」

白熊一臉忿忿不平。被徹也拋棄的情傷都還沒痊癒，遠山那輕浮的刺探實在教人火大。

「沒有啦，就有人在傳啊。你們不是經常在一起？」

「嗄？那是因為同隊，有什麼辦法？被人隨便派到同一隊，又被亂傳八卦，真受不了。」

「用不著這麼生氣吧。反正很快就要分開了。」

白熊默默點頭。

「直接去歡送會嗎？」

「嗯，遠山大哥也要去吧？」

兩人搭上常磐線。

以會前會的名目先開了一罐啤酒。白熊沒配下酒菜，很快喝光了兩罐，卻一點醉意也沒有。她本來酒量就好，這點啤酒根本醉不了，可說是CP值相當低的體質。

遠山只喝了一罐，便陷入微醺狀態。但他不管喝再多，都會保持在微醺狀態。白熊則是怎麼喝都不會臉紅，卻會在大灌特灌後突然醉倒。她反倒很羨慕遠山能那樣喝酒。

在新橋下車後，兩人走進一家居酒屋。

是門面狹窄、店內深長的二層樓建築。一進去就是階梯，上樓一看，成員都到齊了。

除了本庄審查長、風見、桃園、小勝負這些第六的成員，連守里等同期，還有綠川都來了。

白熊一進房間，桃園便活力十足地吆喝著：

「嘿，主角登場了！」

在眾人力勸下，白熊坐到上座。

包廂牆上掛著一條橫幅布幕，布幕上以流暢的書法寫著「歡送　白熊楓　在九州辦公處鴻圖大展」。

「是我寫的喔。我家開寺院，寫書法可難不倒我。」桃園得意地說。

「那是什麼？」白熊好奇地問。

布幕底下還有一行小字：「不要輸給黑道」。

「畢竟九州辦公處有很多黑道相關案件，妳可要小心點。但就算面對黑道，妳應該也會使出空手道招數吧？實在太危險了。」桃園掩著嘴呵呵輕笑。

在風見帶領下，歡送會熱鬧地展開。

守里一下子就醉了，一把抱住白熊吵鬧著：

「小楓，我不要妳走！好寂寞喔！以後誰跟我一起吃午飯！」

「午飯一個人吃就好了嘛。」

「不要不要，好寂寞！可是小楓，妳不能因為寂寞，就在那邊被奇怪的男人拐走喔！」

守里定定地看著白熊的眼睛說。

就算喝醉了，仍有一半神智保持冷靜，這就是守里不可愛的地方。而且，她不會喝到斷片。

「徹也的事都過去了啦。」

「可是，小楓，和交往多年的對象分手，不就等於正蓄勢待發，準備再次投入戀愛市場嗎？感覺好好玩。看到妳這樣，我也有點想恢復單身呢。」

白熊只和徹也談過戀愛。既不懂得情場的策略遊戲，甚至覺得喜歡別人，或是被人喜歡都很麻煩。

不，其實她是害怕。害怕到頭來只換來一身傷。

「期待嗎？我不太懂。」

坐在斜對面的綠川頻頻瞥向自己。白熊一回視，綠川便別開了目光。

「怎樣啦，綠川，過來吧，來、來。」守里多此一舉地向綠川招手。

綠川雖面露困惑，還是挪動身體，坐到白熊前面。

「……白熊，妳空手道好強。」綠川輕聲說：「就那天逮捕……」

「哦，但那並不是空手道的招數。」

「真的好帥。」綠川垂下目光，一口氣喝光杯裡的酒。

「哎呦，妳就是傲嬌啦。」守里大力拍著綠川的肩膀。

宴會進入終盤，風見站了起來。

「來來來，大家看這邊。」風見拍手說：「歡送會最後，我們要請今天的主角白熊為我們致詞！」

白熊早就猜到一定得說些什麼，但並沒有事先整理想說的話。於是她結結巴巴地向眾人表達感謝，表示會在新職場加油。結束了平淡的致詞。

不知不覺間，本庄審查長抱著花束站在她旁邊。

「妳要蛻變成更堅強的審查官回來喔。」

看到本庄審查長的笑容，白熊突然百感交集，說不出話來。

「……謝謝。」好不容易擠出了聲音，接下花束低頭鞠躬。眼眶溼了，但她忍住沒有掉淚。

歡送會結束，本庄審查長踏上歸途，但遠山和風見似乎還沒喝夠，領著一夥人續第二攤，第三攤去唱ＫＴＶ，散會時已經凌晨兩點。

同仁一個個離開，但主角白熊還不能走。她將上司和同仁逐一送上計程車，總算喘了一口氣。

「辛苦了。」旁邊冒出聲音，白熊吃了一驚。

原來是小勝負。

「你怎麼還在！嚇我一跳。」

小勝負沒有回答。瞇起眼睛，看起來不太高興，應該也睏了吧。

小勝負平常完全不參加職場的飯局活動，這次的歡送會卻圈選「參加」，在同期間引發了一點話題。

他看起來並不特別享受，白熊以為他會在第一攤結束後就離開，沒想到他一直悶悶地留到第三攤。

「給妳。」小勝負從皮包裡取出一個小盒子，目光避開白熊，朝她遞過去。

盒子上繫著紅色緞帶。看起來像餅乾。

「今天是白色情人節。」他低聲說。

「咦，今天是十三號……」

「已經過午夜，十四號了。」

小勝負伸出一手，另一手插在口袋裡。大衣的衣襬晃動著。

「謝謝。」

白熊伸手抓住小盒子。

她想接過盒子，小勝負卻沒有鬆手。她輕輕一拉，小勝負的手卻跟了過來。

「怎樣啦？」白熊仰望小勝負。

小勝負瞇起眼睛，俯視白熊，就像在看什麼討厭的東西。

「不要被奇怪的男人騙走啊。」

「嗄？」

白熊又想起了徹也，不覺一陣火大。不是對徹也，而是對自己容易受騙的糊塗性格感到頭痛。

「為什麼我要聽你講這些啦。」

「因為妳運氣很背啊。」

「不用你說我也知道。」

白熊從小勝負手裡搶過小盒子。

「謝嘍。」

小勝負像個鬧脾氣的孩子般噘著嘴，點了點頭。

「小勝負，要保重喔。」

「妳也是。」

一陣強風吹來，路旁的櫻花樹嘩嘩搖曳。櫻花還沒開。只有花苞俯視著兩人。

白熊舉手攔下計程車。

「你要先回去嗎？」白熊回頭。小勝負雙手插在口袋，搖了搖頭。

「妳先回去吧。」

白熊上了計程車，說出目的地，計程車平穩地往前駛去。

一回頭，小勝負朝她輕輕揮了揮手。

「什麼啦，真是！」白熊的臉頰慢慢放鬆下來。

看著繫著紅色緞帶的小盒子，淚水泉湧而出。

她不明白自己為何哭泣。

是感到悲傷、寂寞，還是開心？

計程車在十字路口停了下來。

白熊將小盒子擁入懷裡。

曾經的溫暖灌注到體內，笨拙卻又甜蜜的那份溫暖。

往前一看，號誌正好轉成綠燈。車子緩慢前駛。

她珍惜地將小盒子收進皮包裡，免得壓壞了裡面的心意。

這次她再也沒有回頭。

參考資料

一．光田卓司，《花店經營的基礎知識——讓花店生意興隆的10大成功法則》，誠文堂新光社（二〇一四）

二．公平交易委員會，《婚禮產業交易現況調查報告》（二〇一七年三月二十三日）

本故事純屬虛構。
如有雷同，純屬巧合，與實際存在人物或團體無關。
在本書創作過程中，承蒙諸多人士提供寶貴協助，謹此致謝。
書中內容若有任何謬誤，文責皆由作者自行承擔。

——新川帆立

作　　者　新川帆立
譯　　者　王華懋

副 社 長　陳瀅如
總 編 輯　戴偉傑
責任編輯　戴偉傑
特約編輯　周奕君
行銷企畫　陳雅雯、趙鴻祐、張詠晶
封面插畫　每日青菜
封面設計　IAT-HUÂN TIUNN
內頁排版　黃暐鵬
印　　刷　中原造像股份有限公司

出　　版　木馬文化事業股份有限公司
發　　行　遠足文化事業股份有限公司
　　　　　（讀書共和國出版集團）
地　　址　231023新北市新店區民權路108之4號8樓
電　　話　02-22181417
傳　　真　02-22180727
E-Mail　service@bookrep.com.tw
客服專線　0800-221-029
郵撥帳號　19588272木馬文化事業股份有限公司
法律顧問　華洋國際專利商標事務所　蘇文生律師

初版一刷　2025年3月

定　　價　420元
I S B N　9786263148055（紙本）
　　　　　9786263148048（EPUB）

公平競爭的守門人／新川帆立著；王華懋譯.
－初版.－新北市：木馬文化事業股份有限公司出版：
遠足文化事業股份有限公司發行，2025.03
336面；14.8×21公分.－（gr類型閱讀；58）
譯自：競争の番人
ISBN 978-626-314-805-5（平裝）
861.57　　　　　　　　　　114002097